眼のシャナV
七郎
とうのいぢ
Design・Yoshihiko Kamabe

……
「もっと、頑張るから」

「ご自身の失態の結果であります」
少女の養育係──ヴィルヘルミナ

紅世《ぐぜ》の徒《ともがら》〝琉眼《りゅうがん》〟——ウィネ
「ハハハ、世界は俺のために回っているじゃないか！」

紅世《ぐぜ》の王《おう》“千征令《せんせいれい》”――オルゴン
「……無礼者めが」
史上最悪のミステス――“天目一個《てんもくいっこ》”
「――強者――」

「……力が湧いてくる」

紅世《くぜ》の王《おう》“虹の翼”——メリヒム
「来い、フレイムヘイズ」

灼眼のシャナV

DESIGN : Yoshihiko Kamabe

プロローグ

初夏を迎えた日曜日の昼下がりは、暑かった。

じんわりと熱を持ち始めたアスファルトから逃れるように、シャナと坂井《さかい》悠二《ゆうじ》は御崎《みさき》市住宅地の一角にある公園に入った。

広い分、手入れの雑なこの公園の並木は、夏には木陰を多く作ってくれる。

（い、いい加減休まないと、本当に倒れるかも）

その庇護《ひご》下に入ってようやく一息ついた悠二は、手の甲で額《ひたい》の汗を拭《ぬぐ》った。傍《かたわ》らを大股《おおまた》に行くシャナに、チラリと目をやる。

彼女は、半袖《そで》ブカブカのTシャツにジーンズというラフな格好。押しの効いた凛々《りり》しい顔立ちが、頬《ほお》の汗をかえって清々《すがすが》しいとさえ見せるほどの満面の笑みで輝いている。

悠二は、その笑顔が本当に眩《まぶ》しく感じられたかのように目を細め、

（本当に好きなんだな）

と思う。

自分がシャナを、ではなく、シャナが自分を、でもない（まあ、とりあえず、今のところ、双方ともに、その確信は、たぶん、ない、ような、気がする、と思う、のだ、が）。

シャナがメロンパンを、である。

その手に提《さ》げたパン屋の紙袋が、彼女の心のように大きく弾《はず》んでいる。

この日、二人は数日前に約束した通り、街のパン屋巡りを敢行《かんこう》していたのだった。彼女の好物……もとい大々好物のメロンパンを店ごとに食べ比べる、というのがその主旨である。

シャナは大いに張り切って、朝の鍛錬《たんれん》を終えてすぐ、悠二《ゆうじ》を連れて坂井《さかい》家を出た。

今や当然のように、彼女の服を用意したのは坂井千草《ちぐさ》である。家を出てから気付いたのだが、悠二も夏の私服の常用パターンとして、同じ格好をしている。着こなしや柄こそ違え、微妙にペアルックになっているという辺りに、母の陰謀《いんぼう》の匂《にお》いを感じる悠二だった。

（まあ、どうせシャナはそんなこと、欠片《かけら》も気にかけていないんだろうけど）

シャナの関心と熱情はひたすらメロンパンのみに向けられているように見える。

実は、二人は出かけた朝から半日、一軒一個ずつメロンパンだけを買って食べ比べるパン屋巡りを、ぶっ通しで続けていた。実質本位なシャナは、ごく自然に歩き食いを選択していたので、それに付き合わされている悠二としては、いい加減グロッキーである。彼女のようにパンばかり食べられるわけでもない。ご相伴《しょうばん》は最初の三軒だけでギブアップして、あとはジュース片手のお供《とも》という状態だった。

その間もシャナは、真剣そのものの顔で吟味《ぎんみ》しては、

「なに、この香料臭《くさ》さは？　全然メロンパンってものの持ち味を分かってないわ」

だの、

「クッキー生地《きじ》が薄い割りに半球型になってるから、味のない部分が多くなってる」

だの、もっともらしい講評を、訊《き》いてもいないのに雄弁に語っている。

悠二は最初それに、

「あ、そう」

と生返事をして彼女にムッとされたので、以降は神妙に意見を拝聴《はいちょう》している。とりあえず彼女もそれからは満足顔……どころか、このパン屋巡りを楽しんでいることを全身全霊《ぜんれい》表しているので、付き合う方としては、まあ、悪い気はしない。

ちなみに今、公園に入ったのは、疲労困憊《こんぱい》の彼が、

「さ、最後のメロンパンくらいは、ゆっくり座って食べたら？」

と持ちかけたためである。

「ゆっくり食べる……？　うん、いい考えだわ」

その名案に初めて気付いた、という風にシャナは頷《うなず》いた。

(もっと早く提案すればよかった)

と後悔しきりな悠二を連れて、彼女は公園の敷石《しきいし》を強く踏んで進む。

やがて並木道を抜けると、噴水《ふんすい》を中央に置いた広場が開けた。日差しの強さゆえか、日曜日にもかかわらず、広場の外縁《がいえん》に据《す》え付けられたベンチに座る者の姿はない。見る限り、人影も近隣の住民らしき数人が、舌《した》を出して荒い息をつく犬を散歩させている程度だった。

「あそこにしよ」

シャナは（誘うのではなく、自分の意思を表明するつもりで）言って、丁度《ちょうど》木陰になっていたベンチへと向かう。ろくに掃除もしていないのか、その板組みのベンチの上には、茶色く乾いた落ち葉が散らばっていた。

それを払おうと手を伸ばしかける悠二《ゆうじ》の脇をさっさと進んで、シャナは小さなジーンズのお尻《しり》をストンと下ろした。

「なにボーっと突っ立ってんの？　早く座りなさいよ」

「……うん」

これも彼女らしいといえばらしい、と悠二は強《し》いて納得し、隣に腰掛ける。ようやく座れたことに一息ついて、背もたれに体を預けた。

シャナは早速、下手《へた》な鼻歌とともに袋を開けている。

出来立てパン特有の焼けたバターの匂《にお》いが、ほわりと漂《ただよ》ってくる。暑気《しょき》や疲労、今日はもう食べ飽《あ》きた、等の諸要素があってなお食欲をそそられずにはいられない、いい匂いだった。

「――ん――」

その根源、少し小さめの白いメロンパンに目線をやる。

「！」

と、食指《しょくし》の動いた気配を、シャナが敏感に察知した。メロンパンを抱《かか》え込むように隠す。

「あげないわよ」

「……要らないし、取らないよ。小学生じゃあるまいし」

悠二は、威嚇《いかく》も顕《あらわ》な宣言に呆《あき》れ声で返し、頬杖《ほおづえ》を付いた。

全く、これが世界のバランスを守るため、異世界の住人〝紅世《ぐぜ》の徒《ともがら》〟を討滅《とうめつ》する異能者〝フレイムヘイズ〟の取る態度だろうか。戦闘時に見せる強者《つわもの》の貫禄《かんろく》と巨大な存在感もどこへやら、今の彼女は、そこいらの食いしん坊な子供と変わらない。

（ま、そういうところも可愛《かわい》いんだけど）

と素直に思う。もちろん言ったら怒るだろうから、思うだけである。

シャナは一応の保証に安心したのか、再びメロンパンを前に掲げ、小さな口を精一杯に開けてかぶりついている。幸せ今まさに絶頂、といったニコニコ顔だった。

彼女がかつて説明したところによると、

「まず『カリカリな部分』（縁《ふち》の硬い所のことらしい）を少し食べて、次に現れた『モフモフな部分』（真ん中のパン生地のことらしい）をパンの円を直線に削《けず》るように食べる。そうしてまた少し『カリカリ』を、また次に『モフモフ』を順々に食べる。こうすることで、バランス

よく双方《そうほう》の感触を味わえる」

とのことで、今もその方針通りに食べている。無駄《むだ》に大仰《おおぎょう》な理屈だが、しかし彼女は大真面《まじ》目《め》である。フレイムヘイズとしては恐らく完璧な適性と力を持つ彼女は、それ以外の面では、眉唾物《まゆつばもの》の知識、あるいは全くの無知を曝《さら》け出す、アンバランスな存在なのだった。

「そういえば、シャナ。一度訊《き》きたかったんだけど」

「はむ?」

口をモグモグと動かしながら、行儀《ぎょうぎ》悪く返事をする。

悠二《ゆうじ》は宙に視線を泳がせて言葉を選ぶ。

「え〜、と」

んぐ、と飲み込んでからシャナは訊く。

「なに」

「言ったら怒るかもしれないし」

(怒らないから言いなさい、とは言わないだろうな)

悠二内心の推測どおり、

「じゃあ黙ってて」

とシャナ、身も蓋《ふた》もない答え。

(でも、多少は進歩もあるんだ)

と悠二《ゆうじ》としては主張したい。

「……」

「……」

本当に黙っていると、シャナが不機嫌《ふきげん》そうな空気を放つようになった、ということである。まあ人によっては……いや大多数は……もしかすると全員に……「それが進歩か」と言われてしまうかもしれないが、最初に出会った頃は石ころ同然の扱いだったのだから、これでも本人にとっては大躍進《だいやくしん》だったりするのである。

「……」

「……なによ」

もう半歩進んだろうか、と非常に空《むな》しい達成感を味わいつつ、訊《き》いてみる。

「ん、いや、メロンパン」

途端《とたん》にシャナはまた隠す。どうやら、最後の店のものは相当に美味《おい》しかったらしい。

「だから、欲しいっていうんじゃなくて」

「？」

「なんでそんなにメロンパンが好きなんだ、って訊きたかったんだよ」

「……」

「メロンパンって、それほど昔からあるわけじゃないだろ。そんな、ごく最近の食べ物を好きになった理由とかきっかけとか、なにかあるのかな、って思ってさ」

ようやくシャナはメロンパンを隠すのをやめた。代わりに、険悪《けんあく》この上ない顔で訊く。

「おまえ、私の年探ってるんじゃないでしょうね？」

「別にそういうつもりじゃや……だいたいフレイムヘイズは不老《ふろう》なんだろ？　何歳《さい》でも別に構わなごほぐっ!?」

シャナの腕が鋭く振られて、棍棒《こんぼう》のように悠二の腹を打った。

「千草《ちぐさ》が、女性に年を訊くのはこの世で最も失礼な行為だ、って言ってた」

「だ、だからって殴《なぐ》らなくてもいいだろ!?」

「他《ほか》の奴《やつ》なら殴らない」

「そんな所だけ特別扱いされてもなあ」

ぽんぽん軽く交わされる会話の最後、

「だけじゃない」

悠二の語尾に重ねるように小さく、シャナは呟《つぶや》いていた。

「え、なんて？」

「なにも、んむ」

さらに、今度は誤魔化《ごまか》すようにメロンパンを食べる。

「でも――」

「うるさいうるさいうるさい。食べる邪魔《じゃま》しないで」

口を尖《とが》らして会話を打ち切り、また頬張《ほおば》る。途端《とたん》に、ニコニコ笑顔となった。

そのあまりな豹変《ひょうへん》ぶりに、悠二《ゆうじ》は肩をすくめて広場中央の噴水《ふんすい》に目をやった。

しばらくして、シャナは最後の一口、カリカリの部分を名残惜《なごりお》しげに見つめて、言う。

「……これを食べるのは、ここに私がいるってことなの」

「え？」

怪訝《けげん》な顔を向ける悠二に、答えは返らない。

幕間 1

炎《ほのお》の魔神《まじん》は夢を見る。


力渦《うず》巻く戦野で、黒衣《こくい》をはためかす女は、ゆっくりと言った。

「いいのよ、私は納得してるんだから。さあ、行きましょう」

火の粉《こ》と散り行く屍《しかばね》を踏んで、紅蓮《ぐれん》の大剣と盾《たて》を手にする女は、首を振った。

「もう……せっかく格好付けたのに、二人っきりになった途端《とたん》に、そんな……そんなことで、あなたの志を貫いてゆけると思っているの？　それとも、あなたの志は……誓《ちか》い、決意した心は……一人の女との情に流されるような弱いものだったの？」

軋《きし》む大地に立ち、紅蓮の軍勢《ぐんぜい》を引き連れた女は、肩をすくめる。

「まあ正直、惜しいかな、とは思うけどね。こんなにいい女なのに。でもまあ結局、心を結び合わせてる、って感じられた男は、あなた一人だけだったんだし」

迫る破滅を前に、炎髪《えんぱつ》をなびかせる女は、笑った。

「だから、私は幸せ。他《ほか》でもない、あなたのために死ねる……いいえ、命を燃やし尽くせるのだから。今まで、私の惨《みじ》めな復讐《ふくしゅう》に付き合ってくれて、ありがとう。それと、取って置きの秘密……最後だから打ち明けるけど――大好き。愛してる」

踏み出しつつ、灼眼《しゃくがん》を煌《きらめ》かせる女は、より強く笑った。

「覚えておいて。私は、私の惨めな復讐に果てるんじゃない、あなたの志への敬意から全力を、、、振り絞るんだってことを。だから、私は幸せだったってことを。さようなら。あなたの炎に、永久《とわ》に翳《かげ》りのありませんように」

そして、その女『炎髪灼眼の討ち手』は。

「もう一度だけ、言わせてね。愛しているわ、〝天壌《てんじょう》の劫火《ごうか》〟アラストール、誰よりも――」

炎が、ゆらりと揺れた。

1　『天道宮《てんどうきゅう》』の少女

少女は、『天道宮』の外れにそそり立つ菩提樹《ぼだいじゅ》の中にいた。

高い枝に腰掛けて緑の匂《にお》いに包まれ、尽きることのない優しい木漏《こも》れ日を受け、長い髪に涼風《りょうふう》を遊ばせる、そこは彼女だけの特等席だった。

幼くも凛々《りり》しい容貌《ようぼう》の中、特に強い印象を与える黒い双眸《そうぼう》が、不思議な青の眺望《ちょうぼう》を映し、茫《ぼう》漠《ばく》と揺らいでいる。

その見つめる先では、彼女の住まう『天道宮』を囲む堀にたたえられた清水の水平線……と言うには近すぎる境界が、青い空と溶け合わさっていた。泡《あわ》のような球形中空の異界《いかい》『秘匿の聖室《クリュプタ》』に建造された、この宮殿独特の光景だった。

それはつまり、外の世界にはこれと違う光景が広がっている、ということ。

目の前の美しさを堪能《たんのう》しながら実は、少女は一度も見たことのない外の世界に思いを馳《は》せているのだった。しかし、その外の世界は少女にとって、ただ未知の場所というだけではない。

いつか飛び出、戦い続け、切り抜けてゆくことを宿命付けられた『修羅《しゅら》の巷《ちまた》』なのだった。

少なくとも少女は、周囲の者たちからそうだと教えられ、そのために育てられてきた。そして自分で、そうあることの意味を、そうすることの価値を、考え続けてきた。

だから、少女が外の世界に向ける気持ちは、見かけの爽《さわ》やかさほど単純ではない。あるいは胸躍《おど》る興奮、あるいは漠然《ばくぜん》とした不安、またあるいは躊躇《ちゅうちょ》に似た戸惑《とまど》い、憧《あこが》れ、焦燥《しょうそう》、期待……それら正負の要素が入り混じった、複雑なものだった。

それらの気持ちは、一つ姿として少女の中に根を下ろしている。そうなるべきと周囲が少女に望み、また少女自身そうありたいと望む、一つ姿として。

斬《き》り進んで行く者、斬り拓《ひら》いて征《い》く者。

フレイムヘイズ『炎髪灼眼《えんぱつしゃくがん》の討ち手』。

その、自由自在に外の世界を雄飛《ゆうひ》する自分の姿を、少女は戦《おのの》きにも似た感覚を小さな体に走らせつつ、夢想する。熱く滾《たぎ》りながら、冷たく冴《さ》えながら、飽《あ》かずに、いつまでも夢想する。

そんな彼女の真下、木の根元から、

「ただいま戻ったのであります」

と、妙な口調の声がかかった。女性のものである。

少女の表情が喜色《きしょく》に煌《きら》めいた。

「ヴィルヘルミナ、おかえり！」

よく通る鋭い声とともに、少女は枝から一跳《ひとと》びに降りる。

降り立ったその少女は、奇妙な格好をしていた。十一、二と見える小柄な体に、裾《すそ》の長い旗袍《チーパオ》……いわゆるチャイナドレスをまとっているのである。そのくせ髪はまとめない腰までのストレート、履《は》いているのは足首まで覆《おお》うゴツいアサルトブーツというちぐはぐさだった。

対する、ヴィルヘルミナと呼ばれた女性は、黒の丈長《たけなが》ワンピースに白のヘッドドレスとエプロン。一見してメイドと分かる装いである。ただし、その背には登山家でも押し潰《つぶ》されそうな大荷物を背負っている。ゴツい背嚢《はいのう》の両脇にトイレットペーパーの束と洗剤の箱を、それぞれザイルで結わえ付けているあたり、微妙な生活感が漂《ただよ》っている。

「お土産《みやげ》は？」

無邪気《むじゃき》な期待に黒い瞳を輝かす少女に、ヴィルヘルミナは手に提《さ》げていたビニール袋を、からくり人形のように直線的な動作で差し出した。

「これであります」

彼女の妙な口調と、いっそ清々《すがすが》しいほどにぶっきらぼうな仕草《しぐさ》を、少女は気にしない……というより、ここには他《ほか》に比較できる人間がいないので、彼女の態度をごく自然に受け入れている。ただ彼女の差し出した袋を、期待とともに取る。

と同時に身を伏せた。

背後から少女を狙《ねら》った何者かの拳《こぶし》が、宙に残された髪を貫き抜けた。

その拳撃《けんげき》を眼前にしながら、ヴィルヘルミナは眉《まゆ》一つ動かさない。

襲撃者とヴィルヘルミナの間にしゃがみ込む形となった少女は、右足をいっぱいに曲げつつ、その爪先を支点に体を回す。襲撃者を射程に入れるタイミングと、打撃を最も効率よく与える間合《まあ》いが一致する勘《かん》に合わせて、左足を地に打ち振り上げる。同時に右足が曲げて溜《た》めていた力を解放する。

襲撃を受けてから止まることのない動作の流れの末に放たれた、下から突き上げるような左足の蹴《け》りを、しかし襲撃者はあっさりかわした。

軽く身を反《そ》らす、それだけの動作で。

「っ！」

少女に表情を浮かべる間さえ与えず、襲撃者は反らした体を戻す。その、前屈も含んだ動作の先端《せんたん》が恐ろしく重い頭突《ずつ》きとなって、彼女の振り上げた膝裏《ひざうら》を打った。

「う、あっ⁉」

少女はひっくり返って、見事な尻餅《しりもち》をついた。ようやく驚きと悔しさの浮かんだ顔を、目の前に立つ襲撃者に向ける。

異様な姿が、全くいつものように、背を地につける少女を見下すでもなく、ただ大木のように悠然《ゆうぜん》とそびえ立っていた。

それは、ぼろをまとった白骨《はっこつ》。

虚《うつ》ろな眼窩《がんか》の内にも、乾いた頭骨の表にも、感情を示すものはない。

人型でありながら、物という以上の印象を与えることのないそれは、また突然きびすを返し、音もなく歩み去る。

屈辱《くつじょく》に真《ま》っ赤《か》になる少女と、一連の動きにも無反応だったヴィルヘルミナだけが、涼風《りょうふう》に波打つ芝と菩提樹《ぼだいじゅ》の木陰の中に残された。

数秒の間を置いて、少女が緑の芝を拳《こぶし》で打つ。

「……くそっ!!」

物心のつく以前から延々続けられてきた、一方的に仕掛けられる襲撃。フレイムヘイズとしての強さを得るための鍛錬《たんれん》である、この異常な行為を、少女は日常の一つと捉えている。

そんなことよりも、少女にとっては、この勝負に一度も勝ったことがない、あの白骨に一撃も食らわせたことがない、という現状こそが重要だった。

常にできる限りの力を尽くして、しかし白骨は常にその上に余裕《よゆう》で立っていた。相手が特別だから、自分は人間だから、そんな言い訳も逃げ道も作らない。フレイムヘイズたらんと志しながら負け続ける自分の不甲斐《ふがい》なさに対する怒りだけがあった。この怒りには、絶対に慣れることができなかった。

ヴィルヘルミナがようやく少女の声に反応し、唇《くちびる》だけの動きで、

「その言葉遣《づか》いは下品であります」

と、やはり妙な口調で、戦い以外のことを指摘した。彼女は、白骨と少女の勝負には首を突

っ込まない。普段はぶっきらぼうながら甲斐甲斐《かいがい》しく少女の世話を焼くせに、この件に関しては完全に放置していた。

少女もそれが当然と思っているから、不平不満を口にすることはない。ただ、むっと唇《くちびる》をひん曲げた。しかしその奥では、

（今の動作の流れ自体は良かったと思うけど、最後の瞬間、他《ほか》でもない自分の足で相手の姿を半分方《かた》、隠してしまった、振り上げる蹴《け》りは体勢も不安定になる、相手の体勢に余裕《よゆう》のある場合は打たない方がいい、なんらかの手段で撹乱《かくらん》してから、不意打ちでぶち込むべきだ、今度は避《よ》けることに専念して、まず距離を取る、なにより、相手の動きを視覚によらず捉えることを心がけねばならない）

などと、冷静な分析と反省を、まるで軽く積み木でもするかのように行っている。そんな後付けの本能の如き戦闘勘《かん》から得た結論として、彼女はヴィルヘルミナに文句を言った。

「この服、やっぱり戦闘に向かない。朝もそうだった。いくらスリットがあっても、丈《たけ》が長すぎて足を振り回す邪魔《じゃま》になる。シロの動きについてけない」

シロというのは、少女があの白骨《はっこつ》に付けた名前である。異常な様態や現象を表すには緊張感に欠けること甚《はなは》だしい名前だが、直裁《ちょくさい》で率直な趣向の持ち主である少女は気にしない。

そんな少女の不平に、ヴィルヘルミナは堂々とエプロンドレスの胸を張って――まあ、いつも堂々としているのだが――傍《はた》から見れば非常にトンチキな主張をする。

「しかし実際、外の世界でその服は、戦闘力の高い者が着用する服とされているのであります。タイトなフォルムによる体への密着性、袖《そで》をなくしたことと、スリットによって素足を出すことで広くなっている四肢《しし》の可動範囲など、理にも適《かな》っているのであります。それをまとった人間が流麗《りゅうれい》な動作で戦闘をこなす様を、私は目撃しているのであります」

この『天道宮《てんどうきゅう》』において、外の世界に出ることを許されているのは彼女だけなので、その主張の是非《ぜひ》を論じることが少女にはできない（少女の知識では、この服は清《しん》王朝支配階層の婦人用冬服を普遍化したものであるはずなのだが）。その情報源が、実は街頭で放映されていた人気アイドル主演のカンフー映画だったりすることなども、当然分かるはずはなかった。

少女は渋《しぶ》い顔のまま、恨《うら》めしげにチャイナドレスの裾《すそ》を持ち上げる。と、

「あっ!!」

「おや」

どけられた小さなお尻《しり》の下に、貰《もら》ったばかりのビニール袋が敷かれていた。慌《あわ》てて立ち上がって中を確認するが、やはりというか、柔らかいその中身は、無残に押し潰《つぶ》されてぺしゃんこになっていた。

「……」

少女は無言のまま、中身を取り出す。

端《はし》が破れたビニール袋の中で潰れているのは、メロンパン。

たまたま食べて大喜びした少女を見て以来、ヴィルヘルミナが馬鹿《ばか》の一つ覚えのように買って帰るようになったお菓子《かし》。彼女が外から持ち込む生活用品や機材教材の山の中で、少女が純粋に楽しみにできる、たった一つの物。少女にとってそれは、外の世界で彼女を待つ素晴《すば》らしいことの象徴でもあった。

その無残な姿に落胆《らくたん》の表情を浮かべる少女に、しかしヴィルヘルミナは全く容赦《ようしゃ》なしに指摘する。

「ご自身の失態の結果であります」

少女は反駁《はんばく》しない。妥当な理由、あるいは自分に有利な状況のない限り、反抗が事態を決して動かさないということを、口と態度、理屈と力で教え込まれてきた。ただ、収まらない気持ちだけは、

「やっ！」

ドン、と、

「――あっ？」

ヴィルヘルミナを突き倒すことで解消する。

背中に大荷物を背負った彼女は、膝丈《ひざたけ》の古めかしいズロースもまる見えにひっくり返った。

それを尻目《しりめ》に、少女は一目散《いちもくさん》に逃げた。距離を取ってから、まだひっくり返ったままの鈍い養育係の女性に振り返り、

「ベー、だ！　意地悪ヴィルヘルミナ！」

といっぱいに舌《した》を出して見せる。当然のように、その手に潰《つぶ》れたメロンパンを持っている。

ヴィルヘルミナが起き上がろうとのたくたしながら、律儀《りちぎ》に返事をした。

「意地悪ではなく評価であります。それを食べられましたら――」

「言わなくても分かってる、書斎《しょさい》で勉強！」

鋭い、しかし可笑《おか》しさの弾《はず》みをつけた声を置いて、少女は走り去った。


この世の空を、巨大な宮殿が彷徨《さまよ》っている。

存在を知るのは〝紅世《ぐぜ》の徒《ともがら》〟だけ、在《あ》り処《か》を知るのは住人だけ、というその宮殿は、泡《あわ》のような異界《いかい》『秘匿の聖室《クリュプタ》』によって外の世界から隔離《かくり》・隠蔽《いんぺい》され、また自在に動き回ることもできる、最大級の宝具《ほうぐ》だった。

名を『天道宮《てんどうきゅう》』という。

その概観は、泡の下半分を埋める偽《いつわ》りの大地、上半分をドーム状に覆《おお》う仮初《かりそめ》の空、中心断面を占める平地とそれを囲む清水の堀、中央にそそり立つ宮殿、というものである。

建造した者の偉大な力を余すところなく伝える、まさに威容だった。

ただし、全体の建築様式はかなり無茶苦茶《むちゃくちゃ》である。

外界と通じる門は、跳《は》ね橋と落とし格子《こうし》を備える中世の城のものだが、その内に広がっているのは、様々な形に刈り込んだ低木を幾何学模様に配置した整形庭園である。また門正面に近世型の城館が構えられているが、その奥にいきなりロマネスク様式の大伽藍《だいがらん》がくっついている。最奥部《さいおうぶ》には、大伽藍に隠れるように古式の聖堂らしきものまであった。

かつて造営の魅力に取り憑《つ》かれた〝紅世《ぐぜ》の王〟によって移動要塞《ようさい》として建造されたこの宮殿は今、全く別の目的で運用されている。

フレイムヘイズの養成所である。

城館の二階には書斎《しょさい》がある。

ただしこの部屋は、通常その言葉で示される、本を背景にした団欒《だんらん》の居間やくつろぐための個室ではない。その実態を表現するなら、むしろ書庫という方が相応《ふさわ》しかった。

人を通す通路は最低限の狭さであり、あとは全《すべ》て立ち並ぶ書架《しょか》で占められている。その書架の全ては天井《てんじょう》に届かんばかりに大きなもので、中にもぎっちりと本が収められていた。その本の種類は装丁《そうてい》・時代ともに雑多で、共通しているのは、その全てが実用書か学術書であるということくらいだった。

実はこの部屋、時代を経て増え続ける蔵書を収めるため、隣接していたロング・ギャラリーという、社交と美術品展示のための部屋との間の壁を取り除いて、面積を広げたという経緯《けいい》もある。それほど大量の蔵書が、ここには押し詰められているのだった。

その書架《しょか》の狭間《はざま》に置かれた階段型脚立《きゃたつ》の天辺《てっぺん》に、少女が腰掛けていた。足をブラブラと揺らして、天窓から差す強い陽光を手元の明かりに、本を読んでいる。

幼稚《ようち》っぽい仕草《しぐさ》や文面を追うあどけない顔などは、いかにも普通の子供のように見えるが、しかしその手にある物は、絵本や漫画の類《たぐい》ではない。ドイツ語で書かれた、公衆衛生の学術論文集だった。

十一、二歳《さい》としか見えない少女の読む本ではないが、彼女はそれを特に苦にするでもなく、平然と文を吟味《ぎんみ》し、知識を咀嚼《そしゃく》している。時折、脇に置いたメモ帳を取って、要点や注釈などを流暢《りゅうちょう》な筆跡で書き込んでゆく様も堂に入《い》っている。片手間《かたてま》に行っているそれは、年に似合わない高度な作業だった。

やがて、前もって付けられていた付箋《ふせん》のあるページに辿《たど》り着き、読むこと数分。

ゴオオオン、と城館全体を揺らす、大きく鈍い鐘《かね》の音が鳴り響いた。

「……ちょうど終わり、っと！」

少女は論文集をバタンと閉じて脚立の上に置くと、そこから華麗《かれい》な動作で飛び降りた。

着地の合間にもう一度、ゴオオオン、と時計の音が鳴る。『天道宮《てんどうきゅう》』で唯一時間を報《しら》せる大時計のものだった。宮殿の外れ、途中で崩れた橋の袂《たもと》にあるそれは、ヴィルヘルミナがどうやってか外界の建造物をもぎ取り、据《す》え付けたものだという。

二度鳴ったそれが指しているのは、少女の一日の終業時間である十時。

ただし、午後の十時である。

窓から指す陽光は未だ強い。どころか、少女が夕食を取ってから、一度たりと傾いていなかった。この『天道宮』に夜はなく、日は常に一つ所にとどまっているのだった。

その燦々《きんきん》たる白い光の中、

「ん――っ!!」

少女は思いっきり体を伸ばして、勉強で溜《た》まった体の凝《こ》りを追い出した。そうして爽快《そうかい》半分倦怠《けんたい》半分のリラックスを得ると、書斎《しょさい》から足早に出た。

常昼《とこひる》の明るさに満ちた廊下を抜けて、玄関ホールの階段を軽やかに下り、ついでにトイレも済ませてから、城館の中央を貫く廊下を奥へと入ってゆく。

陽光も薄れるほどに奥まったその行き止まりには、古い樫《かし》材の大きな扉があった。

「ん、しょっ……と」

少し苦労して、重い扉を両開きに押し開けた先には、高い天井《てんじょう》と深い奥行きを持つ空間が広がっていた。

両脇にそれぞれ二列ずつ太い円柱を並べる、五廊《ごろう》式の大伽藍《だいがらん》である。列柱の間をアーチで繋《つな》ぎ、天井に平面を伸び上がらせる大アーケードは頭上頂点で結ばれ、またそこから互いに向かって流れ込んでいる。まるで石造りの大トンネルのように壮麗《そうれい》な光景だった。

円柱の上から始まる、天井《てんじょう》も兼ねた内壁の漆喰《しっくい》にはフレスコによる彩色が一面に施されているが、これは本来の建築様式にある宗教色を持ったものではない。

全《すべ》て、炎《ほのお》と影だった。

色とりどりに燃え盛り、また混じり合う炎の中に、無数の影たちが踊り狂っていた。人の形をしたものもあれば全く違うものもある、奇妙な影、影、影——。

それらは全て、フレイムヘイズと〝紅世《ぐぜ》の徒《ともがら》〟であるという。

互いに絡《から》み合い摑《つか》み合い、切り裂《さ》き切り裂かれ、噛《か》み砕《くだ》き噛み砕かれしている様が、黒一色の影として描かれている。この凄絶《せいぜつ》な闘争のパノラマは、しかし不思議と気味の悪さを感じさせなかった。鮮やかな筆致で描かれた躍動感が、露骨に示されることでかえってデフォルメされた行為が、戦いが本来持つ陰惨《いんさん》さを打ち消しているのだった。

事実、少女はこの無限の闘争を怖いと感じたことはなかった。むしろ、自分がいつか飛び込む修羅《しゅら》の巷《ちまた》の在《あ》り様《よう》を、この伽藍《がらん》を仰《あお》ぐ度に思い描き、全身の血を沸《わ》かせていた。常に心の底に澱《よど》んでいる負の感情は、これを見上げる度に、正のそれに圧倒されて消える。

（これは、フレイムヘイズに向いてるってことなのかな……？）

少女はいつものように、高揚の裏で疑ったり考えたりしつつ、両脇二列ずつ並ぶ円柱の隙間《すきま》から薄く差す日の光の中、パノラマを頭上に頂いて進む。

その先、教会であれば祭壇や司教席があるはずの伽藍の突き当りには、あっけないほどに小さく狭い入り口が、ぽっかりと空《あ》いていた。その中は薄暗く、すぐ壁に突き当たって奥を容易に窺《うかが》わせない。

扉もないその入り口を前にした少女は、これまでの警戒《けいかい》……常に気を緩《ゆる》めず、しかし疲労するほどに過度の緊張をしない『平時の警戒』を、風の一吹きにも全神経を動員して敵を察知する『戦時の警戒』へと切り替える。

ここから先は、『天道宮《てんどうきゅう》』最奥部《さいおうぶ》に通じる曲がりくねった回廊だった。

中に、あのボロをまとった白骨《はっこつ》・少女言うところのシロが待っている。当然、襲撃者として。

実は、この回廊の外で彼に襲われることは稀《まれ》だった。一日を襲われずに過ごしたことも無数にある。今日のような外での襲撃は、少女に常時の警戒を習得させるための、鍛錬《たんれん》の一環だった。

しかし、この中は違う。

少女が毎日、最奥部から朝起きて出てゆくとき、また今のように夜眠《ねむ》るため帰るときに通らねばならないこの回廊内で、彼は必ず一度、襲ってくる。しかも外でのような、不意討ちを警戒させる、その対処のための力を試す、というような生易《なまやさ》しいものではない。

叩《たた》き潰《つぶ》す、というレベルにまで危険度は上がる。

これまでにも少女は、中で意識を失って、ヴィルヘルミナに介抱《かいほう》されたこと、大怪我《おおけが》をして数週間その痛みに苦しんだこと、それぞれを数え切れないほど経験していた。

にも関わらず、毎日二度、ここを通る。他《ほか》の鍛錬《たんれん》と同じく、強制されているわけではない、いつからそうしていたのかも定かではない、これは彼女にとってただの日常だった。

そこで襲われるのも跳《は》ね返すのも、自分の力次第だと分かっている。

この『天道宮《てんどうきゅう》』、彼女の知る世界に、助けてくれる者はいない。

今あるものを否定し、駄々《だだ》をこねても、答えてくれる者はいない。

なにより、助けを求める不甲斐《ふがい》なさが、駄々をこねる無様《ぶざま》さが、大嫌いだった。

だから、絶対にしない。

そんな自分が憧れ、そうあろうと決めて進む姿、

(誇り高く、力強く、決意を持って生きていく)

周りが自分に望み、育て上げようとしている姿、

(——「己の意志のみを頼りに、強く強く、生きていく者であります」——)

それらが、一つの名で重なっている。


〝フレイムヘイズ〟。

異世界より渡り来て人を喰らう〝紅世《ぐぜ》の徒《ともがら》〟を、己《おの》が身に宿した〝紅世の王〟とともに討ち

滅ぼす者。この世を渡り飛び、世界のバランスを守るため戦う異能の使い手。どこまでも誇り高く、どこまでも力強い、己が全《すべ》てを賭《か》けて為《な》すに足る使命を抱《いだ》く者。

（——「うむ、そうだ……あれぞまさしく、〝フレイムヘイズ〟たる者だった……」——）

何度も聞かされたその姿の他に、少女は道を知らない。

知ったとて目指すのが不可能だろうこと、そもそもフレイムヘイズとなるためにのみ生かされていること、そして自分がそれを不満に思っていないこと、全て分かっている。

（……〝フレイムヘイズ〟となるために……）

同時に教えられた、人でなくなること、永劫《えいごう》に続く戦いの道、そして戦いそのもの。

それらへの不安、恐怖、戸惑《とまど》いを抱く心は、しかしより強く、望み、欲し、決意していた。

（……〝フレイムヘイズ〟であるために……）

刷《す》り込まれて、選択肢《し》を限定されて、それでも自分で選んだ、生きる姿。

そうなるという、自分自身でさえある、その道を進むことの確信。

（……〝フレイムヘイズ〟でいよう……）

今日も一歩を踏み出してゆく、その少女には、名前がなかった。

必要がなかった。

少女は、フレイムヘイズ『炎髪灼眼《えんぱつしやくがん》の討ち手』となるべく育てられた者。

この『天道宮』で呼びかけられる、ただ一人の人間なのだから。

最奥《さいおう》に、光を通す窓を持たない石造りのドームがある。

しかし、暗くはない。同心円上に配された二重の柱列と、落ち窪《くぼ》んでゆく段状の床の中央に、一つの炎《ほのお》が轟《ごう》と燃えていた。

どこまでも激しく明るい、紅蓮《ぐれん》の炎。

その立ち上る火元に、燃料らしきものは見られない。ただ、銀でできた空の水盤が置かれているのみである。

この水盤の名は『カイナ』。〝紅世《ぐぜ》の徒《ともがら》〟を、本来必要な〝存在の力〟を消耗《しょうもう》させずこの世に留《とど》め置くための——もっとも、水盤の上からは動けず、外へと力を振るうこともできない、まさに留め置くためだけの——宝具《ほうぐ》だった。かつてこの宮殿を建造した〝紅世の王〟が、ともにその作業に当たった人間の同志たちと永《なが》の語らいを持つために作ったものである。

今はその〝王〟も亡く、代わりに一人の〝紅世の王〟が、この宮殿ごと銀色に輝く不動の座を預かっていた。

威名《いみょう》〝紅世〟に轟《とどろ》かす魔神《まじん》、〝天壌《てんじょう》の劫火《ごうか》〟アラストールである。

身動きできず力も振るえないまま数百年をここで過ごし、新たな契約者が現れるのを待ち続ける彼（？）は今、彼自身である炎の前に立つ少女の養育係・ヴィルヘルミナから、

「……以上の作業によってアンテナ類の施工は完了となり、各種電波の受信によるテレビジョンの視聴も可能となるのであります。何卒《なにとぞ》御裁可《ごさいか》の程を、〝天壌の劫火〟」

テレビの据《す》え付けに関する説明を受けていた。

「それは……本当に必要なのか」

遠雷のように重く深い声にも、微妙に投げやりな響きが混ざっている。

ヴィルヘルミナは分厚《ぶあつ》い手書きの計画書に落としていた目線を上げる。

「数日来、説明している通りであります。実際に動く外界の姿を見せることは、フレイムヘイズとなった際の動揺と、各種認識の齟齬《そご》を是正《ぜせい》するために有用であると判断したのであります」

彼女の妙な口調とぶっきらぼうな仕草《しぐさ》は、異世界の魔神《まじん》を前にしても変わらない。

アラストールは、彼女の常である突拍子《とっぴょうし》のない提案に、炎を揺らめかせて答えた。

「しかし、おまえの説明では、その〝テレ――」

数秒置いて、ヴィルヘルミナが、わざわざ切れたところから補足する。

「ビジョンであります」

「……そいつは、この世において可視可聴《かしかちょう》領域にある事物全《すべ》ての映像と音声、さらには他者の解釈と操作を経た情報までをも、制御《せいぎょ》する者の任意に送り出す装置なのだろう」

アラストールの解釈は、正確だが大仰《おおぎょう》である。

「おまえは、フレイムヘイズたる者にとって不要な知識を与えるのを、極度に嫌っていたのではなかったか？」

彼は『誰に』という部分を省略する。彼らが話題の対象を特定しない場合、それは必ず、フレイムヘイズとして育てている少女のことを指すのだった。

「『嫌う』という感情ではなく、『禁ずる』という施行における方針であります。テレビジョン導入についても問題ないのであります。不要なものを見せるつもりは全くないのであります」

断固とした養育係の物言い（ただのチャンネル権占有の宣言ともいえるが）に、アラストールもとりあえず納得の唸《うな》りを上げる。

「むう……たしかに、言いつけは守るだろうが」

「施工に関しては、以前の電気機器導入や上下水道開通の作業と比べて、技術的にも手間の問題としても、遥《はる》かに簡単であります」

その言うように、ヴィルヘルミナは古式蒼然《こしきそうぜん》とした『天道宮《てんどうきゅう》』に様々な設備を持ち込み、また自身で作業して、生活環境の近代化に当たってきた。これまでにも『秘匿の聖室《クリュプタ》』の持つ物体の移動を司《つかさど》る力を使い、電線や水道管を外界の施設に繋《つな》げるなどの大工事を、たった一人でやってのけている。異常なまでに有能な女性というべきだった、が、

「まず『秘匿の聖室』の効果範囲からアンテナを出すために基礎部の工事を――」

「ああ、説明せずとも良い。構わず作業を進めよ」

「そういうわけには行かないのであります。御身《おんみ》の采配《さいはい》される領域の運営を任されている私に

は、その運営実態を報告・説明する義務が存在するのであります」

「……」

彼女はそれら、自身の受け持ちである『天道宮』全体の保守管理に関する技術的な説明を、十日と空《あ》けずアラストールに対して行うのである。言うところが全くの正論であるため、無下《むげ》に退《しりぞ》けることもできない。

「まず、アンテナ用のポールを立てる際、免震《めんしん》構造を基部に設けるのであります。『天道宮』の移動は緩《ゆる》やかであるため不要とは思いますが、備えは万事抜かりなく行うべきであります。いずれ図面を提示する予定であります。この免震構造は、小規模であることからダンパーを四基配置する程度で――」

おかげでアラストールも、いつの間《ま》にかこういう類《たぐい》の説明を大筋で理解できるほどに慣らされてしまった。城館の壁面補修のときなどは、ドリルによる穿孔《せんこう》作業やらエポキシ樹脂の注入やらの説明に半日付き合わされている。なにが悲しくて、魔神《まじん》〝天壌《てんじょう》の劫火《ごうか》〟が工作機械や工事工法に精通しなければならないのか。

少女の養育を始め、彼女には感謝すること多々あり、またその分尊重もしているが、ことこの点に関しては閉口するしかない。本来の志とは別の意味で、少女が自分のフレイムヘイズとなる日が待ち遠しいアラストールだった。

（……そういえば）

自分を囲む段の縦面《たてめん》に彫ってある暦――ユリウス暦とその修正表で、修正表は少女が彫ってくれた――を炎《ほのお》の内から眺めつつ、アラストールは言う。

「そろそろ……」

「ダンパーは鋼棒《こうぼう》か鉛で――なにか、〝天壌《てんじょう》の劫火《ごうか》〟?」

「丸、十二年になるな」

視線を宙に泳がせて年月を数え、ヴィルヘルミナは答える。

「……そのようであります」

「いつの間にか、おまえの格好も見慣れてしまったな」

アラストールの声には、僅《わず》かに笑いが含まれていた。

ヴィルヘルミナは、あくまで謹直《きんちょく》に答える。

「見よう見まねだったのでありますが、実際に着てみると、これが非常に能率的な服装であることが分かったのであります」

自分を育てた養育係が、そんな格好をしていたのだという。少女を育て始めてから、彼女はなぜかそれを模《も》した服を着るようになった。

アラストールには、その理由がはっきりと分かる。そのことを訊《き》く。

「ふむ……それで、どうだ?」

主語を欠いた質問に、ヴィルヘルミナは養育係として断言する。

「最適であります。文武《ぶんぶ》に秀《ひい》で、学ぶ先を見通し、知識に溺《おぼ》れぬ賢明さを持ち、怠惰《たいだ》を自己に許さず……それになにより得がたきは、稀《まれ》に見る自尊心と闘争本能であります。過去の例を省みるまでもなく、最高の逸材《いつざい》であります」

「ふむ……まさか、精査《せいさ》の末に選び出したわけでもない、気紛《きまぐ》れに拾った赤子が、な」

数百年前、一つの戦いで契約者を失った〝天壌の劫火〟アラストールは、復讐《ふくしゅう》者である『常のフレイムヘイズ』ではなく、使命だけに生きる『純粋なフレイムヘイズ』という、その本来の在《あ》り様《よう》からすれば矛盾に満ちた存在を求めるようになった。

そして彼は、同志らとともにそれを作り上げるべく、時には多数、時には一人、この世から脱落して消え果てるだけとなった子らを拾い上げては鍛錬《たんれん》してきた。

無数の子供、ときにはそれ以外の者がこの『天道宮《てんどうきゅう》』で、失われたフレイムヘイズ『炎髪灼眼《えんぱつしゃくがん》の討ち手』となるべく、今少女が受けているような苛烈《かれつ》な鍛錬を受けてきた。

しかし、永きに渡る試行錯誤の末にも、彼らの望んだ〝在るべくして在る者〟――人間としてではなく、フレイムヘイズとして生きる者――を作り上げることはできなかった。

育てた誰もが、力に秀でれば力に酔い、頭脳に秀でれば頭脳に奢《おご》り、才ある者は好悪の感情のみでしか事象を計れず、才なき者は努力のみに満足して結果を省みず、使命の意味を理解する者は怯《おび》え、理解できぬ者は反発し、最悪の場合は無制限の優しさや甘えさえ求めた。

自分たちの望みが幻想でしかないのか、自分たちの営みは徒労でしかないのか、そんな暗い気持ちに囚《とら》われつつあった、まさにそのとき、彼らの前に一人の赤ん坊が現れた。

「起きた不幸な出来事は偶然、私がそこに行き逢《あ》ったのも偶然、この『天道宮《てんどうきゅう》』以外に寄る辺がなくなったのも偶然」

ヴィルヘルミナの脳裏に、その日その時の陰惨《いんさん》な情景が蘇《よみがえ》る。

「しかし、ここでフレイムヘイズとしての適性を発揮したのは必然であります。私が助けねば確実に死んでいた、私が助けたことで偉大なる才能は生かされ始めた……いえ、必要とされる場所に、已を導いたのであります」

彼女は僅《わず》かに胸を反《そ》らし、自分が見出した少女を誇るように言った。

アラストールにも異論はなかった。彼の行う鍛錬《たんれん》においても、少女はその持っている才を遺《い》憾《かん》なく発揮していた。まるで、少女自身が最初からそれを望んでいたかのように。

「人の世に生きていれば、どれほど時空に大きな存在を占めたか知れぬ者、しかしその本来生きるべき人の世の都合によって排除された者、か……なるほど、それを拾うは、我ら〝紅世《ぐぜ》の徒《ともがら》〟こそが、あるいは相応《ふさわ》しいのやもしれぬな」

「いかにも、その通りであります。それこそ、フレイムヘイズへと導かれる『偉大なる者』。我らが望んだ、〝在るべくして在る者〟であります……………ただ」

完璧な答えに、妙な一言が加わった。

アラストールは声を平静に保ち、訊《き》く。

「なにか、不満でもあるのか」

「御身《おんみ》が気付かれていないわけないのであります」

「……」

「時折、感じるのであります。こちらを見て、しかしこちらに見せない姿を。我々に許していない、なにかを秘めているように感じるのであります。我々に絶対に見せない、見せてはいけないものを、心の奥に」

「……そうだな……だが、それは我らとて同じこと」

口も重たげに答えたアラストールの声には、一つの感情が滲《にじ》んでいた。

「はい」

ヴィルヘルミナもまた、自身同じものを、表情に乏《とぼ》しい顔の内に揺らす。

彼らが抱《いだ》いた気持ちは、少女に向ける愛情ゆえの悲しさだった。

今度こそと望みを託《たく》した、完璧とも言ってもいいフレイムヘイズの候補が失われるかもしれない。自分たちの行為が、数百度目かの徒労であったことを思い知らされるかもしれない。

そんな安直《あんちょく》な不安からくる悲しさではない。

ここまで手《て》塩《しお》にかけて鍛え上げた少女が、自分たちの期待に応《こた》えてくれないかもしれない。

愛情を注いで作り上げたはずの少女が、自分たちに隠し事をしている。

そんな甘い心情からくる悲しさでもない。

彼らは、少女を自分たちの望む、理想的なフレイムへイズとして作り上げようとしていた。それ以外の価値観を与えず、それ以外に必要なことも教えなかった。ただひたすらに、『炎髪《えんぱつ》灼眼《しゃくがん》の討ち手』として自己を形成するような生き方だけを強《し》いてきた（少女もそれに見事に答えてくれているが、それは関係がない）。

ただし、彼らは心底、少女に愛情でもって接していた。

使命の道具として扱ったり、実験の対象として見たりすることはなかった。それが、最終的に少女の反発と無理解、非効率と破局を生むからではない。

愛情こそが最強の鎖《くさり》である、と知っていたからだった。

その最強の鎖に、今も己が身を縛《しば》られているからだった。

ゆえに、少女を愛情で、逃げられない運命の元へと縛る。

愛することで利用する。

そんな、酷薄《こくはく》で捩《ねじ》くれた心であることを自覚していながら、同じ胸に抱《いだ》く志と理想には一切の翳《かげ》りがない。なにがあっても、どう思っても、絶対に、止《や》めようとは思わない。

そうであること、そうさせるものが、他《ほか》でもない愛情である。

それがなにより、悲しい。

少女がなにを隠していようと、その進む道に変わりはない。自分たちがなにを隠していようと、その進ませる行為に変わりはない。互いは一つ運命に縛りつけられている。

最強の鎖たる、愛情によって。

それがなにより、悲しいのだった。

「ただいま」

と、そんな二人の沈黙が、よく通る声によって断ち切られた。

回廊の出口から、少女が入ってきた。

ヴィルヘルミナは腰を屈《かが》めて彼女の道を開けるため数歩下がり、アラストールは抱いた感情の残滓《ざんし》を威厳と風格によって押し流し、短く答えた。

「うむ」

少女が段を下りてアラストールの前に立つのを待って、ヴィルヘルミナが尋ねる。

「今日はどこでありますか」

少女はむっとなって、しかし明確に答える。

「右の脇腹」

白骨《はっこつ》・シロとの勝負で、そこを打たれ敗れた、ということである。しかしこれでも、昔と比べれば段違いの進歩を遂げていると言えた。回廊の中で重傷を負って倒れていないか、という心配せずとも良くなったのだから。

「手当ては」

「要らない。蹴《け》りの軌道を、柱に直撃するよう誘ったから、私には軽くかすっただけ」

「一応、確認するのであります」

いつものやり取りに、少女は鼻をフンと鳴らしてチャイナドレスの前紐《まえひも》を解いた。ストン、と抵抗なく服は落ちて、下着姿が顕《あらわ》になる。

ヴィルヘルミナは少女の右腕を、機械を点検するように無造作《むぞうさ》な手つきで持ち上げて、薄布越しに内出血や打撲傷《だぼくしょう》の有無を確認する。見た目では分からなかったので、指で突付いた。

「ひゃんっ!?」

思わず叫んで飛び退《すさ》った少女に、ヴィルヘルミナはしつこく問い質《ただ》す。

「本当は痛いのでは?」

「そ、そんなところ触《さわ》られたら、びっくりするに決まってるでしょ!」

真《ま》っ赤《か》になって怒鳴《どな》る少女の剣幕《けんまく》にも涼《すず》しい顔で返す。

「では、とりあえず手当不要と判断するものであります。明日になって痛むようでしたら、また改めて申告を」

「大丈夫だって言ってるの!」

怒りでさらに顔を赤く染めつつ、少女は器用に右のアサルトブーツをすっぽ抜けさせた。

重いアサルトブーツは低い放物線を描いて、ゴン、と見事に過保護な養育係の頭に命中した。

「——あうっ?」

体を傾けた彼女に、続いて左のブーツが、今度は真上から脳天に、ガン、と当たる。

「おあうっ？」

よろめく彼女に、今度は靴下が、キャミソールが、最後にショーツが投げつけられる。全部見事に命中して、少女は素っ裸になった。

「行儀《ぎょうぎ》が悪いのであります」

ヴィルヘルミナは、投げつけられたことへの抗議ではなく、着衣を散らかしたことへの注意を口にした。手の方は床に散らばったそれらを拾い上げ、傍《かたわ》らに置いていた篭《かご》に納めている。

「今度から気を付ける」

適当に答えて、少女はそっぽを向いた。

その白くしなやかな背中に、ヴィルヘルミナは頭を下げる。

「では、おやすみなさいませ」

少女も、僅《わず》かに不機嫌を声に込めつつも素直に、

「……おやすみ」

と答えた。

ヴィルヘルミナは頭を上げずに篭《かご》を取り、クルリと方向転換して最奥部《さいおうぶ》を出てゆく。

べー、っと舌を出す笑顔で、少女は謹直《きんちょく》なメイドを見送った。

と、その彼女が立ち止まる。

怪訝《けげん》な顔で見やる少女の耳に、振り向かない彼女の、

「まだ、十分に時は残されているのであります」

という声が届く。そして彼女は再び歩き出し、今度こそ回廊の内に消えた。

少女は首を傾《かし》げ、次いでアラストールの炎《ほのお》を見上げ……ふと、その揺らめきの中に彼の心の残響を感じ、尋ねた。

「悲しい、話してた?」

「……いや」

アラストールはもはや自分の感情の流れを察するほどにまで成長した少女に、短く答えた。

(……あまりに成長が早く、我がフレイムヘイズとして迎えるに、これ以上を望めぬ者……だが、それゆえに我は……)

思いつつ、自分を見上げる少女、その幼さに望みを託す。

(いや、まだヴィルヘルミナの言うように、時は十分ある……大きくなり、心を開いてくれるのを待てばよい……いずれ、我らの方からも……)

少女はそんな彼の心の色を感じ取って、しかし少し違う種類の悲しみを心によぎらせる。

(まだ時が残されている? 私の不甲斐《ふがい》なさを嘆いた言葉?)

自分であろうとする、その行いを根源から支えてくれる二人の不安を感じて、少女は急に心細くなった。そのたおやかな指先を、確かめるように紅蓮《ぐれん》の炎に向けて差し出す。

「もっと、頑張《がんば》るから」

少女の思わぬ誤解に驚いたアラストールは、それにうまく答えてやることができなかった。本当のことを言えないもどかしさと少女の悲しみへの動揺の中、言葉を探し、結局、

「よいのだ」

とだけ言った。

その声に込められた気持ち、不器用な慰《なぐさ》めを感じて、ゆっくり、にっこり、少女は笑った。笑って、燃え盛る紅蓮《ぐれん》、アラストールそのものである炎の中へと踏み出した。髪は煽《あお》られず、火傷も負わない。ただ、体が炎の中心へと浮き上がってゆく。

体を丸め、膝《ひざ》を抱《だ》いて、目を閉じる。

炎に体を清められてゆく爽快《そうかい》さ、渦《うず》巻き荒れ狂う〝天壌《てんじょう》の劫火《ごうか》〟の強大な力感、そして暖かな気持ちの中にたゆたう安らぎが、少女の心を満たす。

そして、赤ん坊のときから続けてきた、就寝前の鍛錬《たんれん》『火繰《ひぐ》りの行《ぎょう》』が始まった。

少女は、アラストールが炎の内に動かす気配、力の集中、その流れを読み取る。自在法を教えられることも解説されることもない。ただ、流れる力に対する感覚を養ってゆく。知識や戦技などよりあるいは重要な、これはまさにフレイムヘイズとしての力の鍛錬なのだった。

アラストールが力を集中させる場所に自分の意識を向ける……

互いの指す場所が同調して、力が火花の弾《はじ》けるように散る……

流れを追って共に進み、その止まるのに合わせて捕らえる……

突然大きな力が現れたときは、その源流の位置を看破《かんぱ》する……

嵐のような混沌《こんとん》に立ち向かい、隙間《すきま》を見出して駆《か》け抜ける……

どこまでも、どこまでも、力の渦《うず》の中を回り、踊り続ける……

少女はこの、夜毎行われる鍛錬《たんれん》が大好きだった。物事が存在することの根源に触れ、その〝自在〟に動いてゆく様が、たまらなく痛快で素晴《すば》らしかった。飛ぶように泳ぐように、意識はどこまでもその広がりと流れに挑《いど》み、進んでゆく。

ただ、今日は黙ったままだった。

常なら、アラストールに今日起こったことを楽しく話したり、逆に彼からフレイムヘイズや〝紅世《ぐぜ》の徒《ともがら》〟のことを話してもらったりしながら行うこの『火繰《ひぐ》りの行《ぎょう》』で、少女は黙ったままだった。

一心に、炎《ほのお》の中に意識を飛ばしてゆく。

そしていつしか、いつものように、炎に抱《いだ》かれて、安らかな眠《ねむ》りに落ちていた。


翌朝、と言いつつもその光景を変えることのない最奥部《さいおうぶ》。

ゴオオン、と聖堂にも響く大時計の音で、少女は目を覚ました。朝六時の一打ちは、起床の合図だった。紅蓮《ぐれん》の炎の中から、昨晩入ったときと全く同じ、鮮烈に照らし出される段状の床と二重の柱廊を眺める。

少女は、目覚める度に抱く気持ちを、また新たにする。

（アラストールを早くここから出してあげたい、広い広い外の世界へと一緒に飛び出したい）

もちろん、ヴィルヘルミナも一緒に。

（外の世界で、もっとたくさん私の知らないことを教えてもらって）

できれば、シロも連れて。

（私を打ちのめすだけなんて日々から、解き放ってあげたい）

皆とそうなるための、たった一つの手段は、

（そう、フレイムヘイズになる……）

少女は膝《ひざ》に回した手を解き、丸めた体を伸ばして、炎の中から漂《ただよ》い出る。

「おはよう、アラストール」

「うむ」

笑顔で挨拶を交わして、少女はいつの間《ま》にか炎の前に置かれていた編み篭《かご》の中から、今日の衣服を取る……と、広げたそれがなんであるかに気付いて、頬《ほお》を膨《ふく》らませた。

「もう」

不評にも拘《かかわ》らず、またチャイナドレスだった。

ただし、色も柄《がら》も違っていて、長かった裾《すそ》もかなり短くなっている。

（さては、柄《がら》違いを何着か買い込んでて、それを全部着せるまでは変えないつもりね）

裾《すそ》が短くなっているのは、昨日の意見を元に、急ぎ仕立て直したのに違いなかった。見たところ、直した部分に違和感はない。あの養育係は、こういうことも上手《じょうず》なのだ。

（でも……）

少々、詰めた裾が短すぎて恥ずかしい。激しく動いたら、下着が見えてしまう。買い込んだ分を全部この丈に直してなければいいけど、と心配しつつ、とりあえず今日は我慢《がまん》してこれを着ることにする。最後に、履《は》き慣れたアサルトブーツで床を打ち、

「行ってきます」

「うむ」

軽く言い置いて、少女は今日も、白骨《はっこつ》との勝負が待つ薄暗い回廊へと向かった。


朝でも変わらず強い陽光が、『天道宮《てんどうきゅう》』城館部の中ほどにある広い食堂に差し込んでいる。

「今日も出かけるの？」

白いテーブルクロスも眩《まぶ》しい食卓について、熱々のお茶漬けを前にした少女は、箸《はし》を止めて訊《き》いた。外への興味で、その瞳が輝いている。その傍《かたわ》ら、身を乗り出したことで上がったチャイナドレスの短すぎる裾を、引っ張って直している。

これは服を仕立て直したヴィルヘルミナに対する遠回しな抗議でもあったのだが、その彼女は少女の仕草《しぐさ》にも堪《こた》えた風はなく、平然としている。

「はい、テレビジョン施工に必要な設備を発注に行くのであります」

言って彼女は、ゴン、とレトルトのシチューを入れた器をテーブルに置いた。給仕には全く似つかわしくない、相変わらずのぶっきらぼうな挙措《きょそ》である。

「テレビジョン……映像と音声の受信装置、だっけ。時間がかかるの？」

少女の左二《に》の腕《うで》には、包帯が巻かれている。今朝、回廊を通る際、白骨にやられたものだった。軽い打撲《だぼく》だったが、念のためとヴィルヘルミナは湿布薬《しっぷぐすり》を塗ってくれた。

「帰還予定は、早くて夕刻。昼食はレンジの中に用意しておくのであります」

「うん、分かった」

頷《うなず》いて、少女はシチューの皿を取った。その前にある長い食卓には、彼女ら二人分しか食器が載《の》っていない。他《ほか》には、湯沸し機能付ポットと銀の燭台《しょくだい》が中央に置かれているだけである。

少女は他の事柄同様、これ以外の眺めを知らないため、寂しいとは思わない。それよりも、

「ヴィルヘルミナ、えと……」

「ご心配には及ばないのであります」

返された言葉の意味、『昨日の分もメロンパンを買ってくる（のであります）』を察した少女が煌《きらめ》くような満面の笑みを浮かべ、ヴィルヘルミナもその様に目をほんの僅《わず》かだけ細める。

そのとき、チン、と食卓脇の給仕用カートに乗った電子レンジが鳴った。

ヴィルヘルミナは今の変化が錯覚だったかのように元の無表情に戻り、ミトンを嵌《は》めた手でレンジの中から自分のシチューを取り出す。またしてもレトルトパックである。ミトン手のまま、その皿型パックの封を強引に切って、中身を自分の食器に移しかえる。

少女のお茶漬けといい、このシチューといい、全く手間の要らない食事ばかり……というより、お茶漬けの米まで全部が全部、レトルト食品だった。

豪華《ごうか》な様式の食器も泣こうというものだが、実はこの養育係としての範疇《はんちゅう》を超えて有能な女性は、料理だけは全くの不得手《ふえて》なのだった。しかも、本人がそのことを誰よりも良く知っていて、可能な限りその手間を省こうとしていた。

得意料理は湯豆腐《ゆどうふ》とサラダ、という辺りから、その腕前は推して知るべしである。『天道宮《てんどうきゅう》』に電化製品を導入した、これは大きな理由の一つで、今も食卓には果物やソースの缶詰《かんづめ》が無造《むぞう》作《さ》に缶切りで開けた状態のまま置かれたりしている(そのため少女は、料理という行為の概念《がいねん》を感得できていなかった)。

ちなみに、彼女が外の世界から持ち帰ってくる大荷物のほとんどは、これらレトルト食品の類《たぐい》だった。少女に毎回メロンパンを買って帰ってくるのも、料理下手《へた》な自分が少女を味で喜ばすことができる、その嬉《うれ》しさゆえかもしれなかった。もっとも、少女が相当の甘党らしいことに気付いていている彼女は、あくまで一度の買出しで一個しか買って帰らないようにもしている。

「では、課題は昨日の続きから。読了次第、試験を行うのであります。内容に不満な点があれば、必要と思われる関連資料の要望書提出を」

「分かってる。今のところはないけど」

それは全くいつもと同じ、一日の始まりの光景だった。

二度と訪れることのない、一日の。


それは街中を、ガシャガシャと重たげに体を揺すって歩いていた。

古い日本の鎧《よろい》を着た、がっしりした体型の武者《むしゃ》である。

甲冑《かっちゅう》の様式は、戦国時代のものより少し古い。兜《かぶと》は三日月の前立てを付けた鉄兜、肩に大袖《おおそで》という平型の肩当てを付け、体を胴丸《どうまる》という実戦向きの鎧で守り、足を臆病板《おくびょういた》と呼ばれる後ろまで完全に覆《おお》った形式の臑当《すねあて》で包んでいる。

その、一見《いっけん》完全武装に見える鎧武者には、しかし足りないものが幾つかあった。

まず弓矢がない。

腹に挿《さ》す脇差《わきざし》もない。

左腰に佩《は》かれているべき鞘《さや》もない。

ただ、

右手にだらりと下げた、抜き身一振りの大太刀《おおだち》のみがあった。

余計な装飾のない質実簡素な拵《こしら》えと、優美な反《そ》りに殺伐《さつばつ》の銀を満たす細く厚い刀身。その全体には、見ているだけで吸い込まれそうな、その刃《やいば》に身を捧げさせんと誘惑する、硬くも甘い戦慄《せんりつ》の陶酔《とうすい》が漂《ただよ》っていた。

そんな物騒《ぶっそう》な様相の鎧武者が、街中を歩いている。

流行の映画の感想をバカ声で言い合う学生たち、ジュースの缶《かん》でサッカーをする子供たち、アイスを譲り合って食べる老夫婦、いかれた誘い文句とともに体をくねらせてナンパする男……誰も、彼が傍《かたわ》らを歩いていることに気付かない。

彼も、全く反応しない。

表情が、そもそも、ない。

兜のまびさしの下には、片目の潰《つぶ》れた鬼《おに》の面だけがあった。その空いた方の目の奥には、瞳がない。ただ、チラチラと浅葱色《あさぎいろ》の光が瞬《また》いている。

と、彼は急に立ち止まり、牙《きば》の噛《か》み合った口、その中から渇望《かつぼう》の声を低く漏《も》らした。

「──強者《つわもの》──」

その、低いしゃがれ声の漏れる度、異世界の人喰い〝紅世《ぐぜ》の徒《ともがら》〟が、

「──強者──」

世界のバランスを守る討滅《とうめつ》の追手・フレイムヘイズが、

「――強者《つわもの》――」

必ず斬《き》り倒され、消滅した。

鎧武者《よろいむしゃ》は過去数百年間、同じことを繰り返し繰り返し行ってきた。その大太刀《おおだち》の露と消え、斬撃《ざんげき》の餌食《えじき》となった者は数知れず。この世の人ならぬ者たちは、彼を畏怖《いふ》とともに、あるいは史上最悪の〝ミステス〟、あるいは化け物トーチ、またあるいは〝紅世《ぐぜ》〟に仇《あだ》なすモノなど、様々な名で呼んだ。

その本来の銘《めい》……軽々に呼ぶを憚《はばか》られる本来の銘は、鍛冶《かじ》の祖神《そしん》にして生贄《いけにえ》を求める鬼《おに》の一面も持つ、日本の神格の一柱《いっちゅう》から取られている。

すなわち、〝天目一個《てんもくいっこ》〟。

今また彼は、歩き出した。

新たな、この世の人ならぬ強者との戦いを求めて。

そんな彼の彷徨《ほうこう》に、この世の誰も気付かない。

幕間 2

フレイムヘイズは思い出す。

力渦《うず》巻く戦野で、黒衣《こくい》をはためかす女は、ゆっくりと言った。

「もう、ここまででいいわ。あとは私とアラストールがやるから」

火の粉《こ》と散り行く屍《しかばね》を踏んで、紅蓮《ぐれん》の大剣と盾《たて》を手にする女は、首を振った。

「ここから先は、一緒でも意味がない……分かってるくせに、らしくないわね。いつからそんなに他人に深入りするようになったの？　もう、左右両翼も落とした……あいつも、これで終わりよ」

軋《きし》む大地に立ち、紅蓮の軍勢《ぐんぜい》を引き連れた女は、肩をすくませた。

「ふふ、いいじゃない。我ながら意地悪な物言いだけど、彼は絶対に誓いを守ってくれるわ。それに、私たちの本当の標的は、あいつ……でしょう？」

迫る破滅を前に、炎髪《えんぱつ》をなびかせる女は笑った。

「えっ、あなたが？　本当、らしくない……そうね、この、厳しさでしか他人に当たれないくせに、本当は優しくて優しくてたまらない、可愛《かわい》らしい大魔神《だいまじん》に、新しいフレイムヘイズを見つけてあげて」

踏み出しつつ、灼眼《しゃくがん》を煌《きらめ》かせる女は、より強く笑った。

「この人は、こんなことじゃ絶対に挫《くじ》けないし、諦《あきら》めない。そんないい男に相応《ふさわ》しい、完全無欠のフレイムヘイズを見つけてあげて。男を残して死ぬ女の……これが最後のお願い」

そして、その女『炎髪灼眼の討ち手』は。

「背中を預けるのに、あなたたちほど安心できた戦友はなかったわ。さよなら、ヴィルヘルミナ、ティアマトー。今までありがとう……あなたたちに、天下無敵の幸運を」

そう、名を呼ばれた記憶に浸りつつ、彼女は『天道宮《てんどうきゅう》』から外の世界へと出た。

2　〝紅世《ぐぜ》の徒《ともがら》〟

そこからは、陽光を濁《にご》らせる分厚《ぶあつ》いスモッグと、その底に沈む街並みが一望できた。

山腹の道路沿いにある、潰《つぶ》れ寂《さび》れた蕎麦屋《そばや》の駐車場である。

無駄《むだ》な広さがかえって哀れを催すその隅に、一台のバイクが停まっていた。後部に網で荷を結わえた中型車で、風雨旅塵《りょじん》に削《けず》られた微妙な色合いと行き届いた手入れ具合が、尋常《じんじょう》ではない年季と走行距離を感じさせる。

「——ああ、そうだ。巡回士《ヴァンデラー》を一人、回してくれりゃいい。ちょうど今、近くにいるはず……なに？　最近なかったからなんだというんだ。援護エリア内の一定期間滞在も来援要請の受諾《じゅだく》も、組織の規則だろうが。今ここに回ってきた奴《やつ》が誰であれ、文句は言わせんぞ」

その乗り手は今、蕎麦屋の前で、苛立《いらだ》たしげに公衆電話をかけていた。

「……力なんか入っていない。あくまで念のためだ。合流時刻は……それでいい。かわりに、気配の遮断《しゃだん》を忘れないように言えよ。巡回士《ヴァンデラー》は戦闘バカが多いからな、こっちの隠密《おんみつ》行動の邪《じゃ》魔《ま》ばかり……本当のことだろうが」

全身を覆《おお》うレーシングスーツとフルフェイスのヘルメットの男。いかにもなライダー風の姿だが、その光景には微妙な違和感があった。

男は、ヘルメットを被《かぶ》ったまま話をしていた。

そのシールドも、正面に睫毛《まつげ》を立てた大きな両目を描き、下辺を牙《きば》のようなギザギザにカットするという奇怪なものである。

「追って結果は報告する。ああ、切るぞ……っ、分かっている！」

男は叫び、受話器を叩《たた》きつけて電話を切った。その声や態度には苛立《いらだ》ちの色がある。

「ちっ、『独断専行は慎《つつし》め』だと？　捜索猟兵《イエーガー》に言うことか、下っ端《したっぱ》が！」

吐《は》き捨てつつ、膝《ひざ》から下をブラブラさせるだらしない歩き方で、男はバイクの元へと戻る。

タンクに腰を預けると、紐《ひも》に通して胸に下げていた物をつまみ、目の前にかざす。

それは、光り輝く金色の鍵。

これを勲章《くんしょう》代わりに、と手ずから渡してくれた一人の美女……人ならぬ身の、壮麗《そうれい》な美女の姿が、男の心を熱く満たす。

（——「これで十人か。ようやってくれたな、ウィネ」——）

その麗《うるわ》しき姿。

（——「他《ほか》の捜索猟兵《イエーガー》どもも、お前ほどに働いてくれればよいのだが」——）

彼だけの女神《めがみ》。

（――「盟主《めいしゅ》は遊興無頼《ぶらい》に耽《ふけ》り、巫女《みこ》は天の調べを聞くに明け暮れ、将軍は余事の道楽に勤《いそ》しんで帰らぬ。参謀《さんぼう》のみが日夜多忙とは、まっこと理不尽《りふじん》な話よな」――）

妙《たえ》なる天の声。

（――「〝琉眼《りゅうがん》〟ウィネよ、そんな私を助けておくれ。同胞に仇《あだ》なす痴《し》れ者どもを、その道具たる討滅《とうめつ》の追手どもを、たくさん、たくさん、屠《ほふ》っておくれ」――）

その男……〝紅世《ぐぜ》の徒《ともがら》〟たる〝琉眼〟ウィネは、シールドに描いた両目を陶然《とうぜん》と細めた。ふう、と吐《つ》いたため息が、ヘルメットの下端《かたん》から藤色の火の粉《こ》となって漏《も》れ出る。

「ベルペオル様……もう少しです、もう少しで、俺《おれ》は、今までにない大きな手柄《てがら》を……」

と、その彼の前を突如、タンクローリーが唸《うな》りを上げて通り過ぎていった。真っ黒な排気ガスが、金色の鍵に吹き付けられる。

「――！」

夢見心地を破られ、ウィネは跳《は》ねるように立った。同時に、シールドに描かれた目が、大きな見開かれた一つへと変わる。

とたん、タンクローリーは大きくハンドルを切り損ない、猛《もう》スピードのままガードレールを突き破った。そのまま斜面の木々を薙《な》ぎ倒して転がり落ち、大爆発を起こす。

「あなた様に捧《ささ》げる、大きな、大きな、手柄です……」

ひとりごちるウィネはもう、タンクローリーのことなど綺麗《きれい》さっぱり忘れていた。手を再び握って鍵を胸元に戻すと、バイクのスタンドを上げ、鋭く足を振ってシートに跨《また》る。シールドに描かれた二つの目は、いつしか笑みの形を作っていた。

山間から湧《わ》き上がる黒煙を背に、バイクは走り去る。

その風切る姿から、愉悦《ゆえつ》とも焦燥《しょうそう》とも取れる声が、かすかに零《こぼ》れ落ちた。

「……あの『天道宮《てんどうきゅう》』……同胞殺しどもの筆頭格が潜《ひそ》む隠《かく》れ家《が》の発見……そして制圧も、この俺《おれ》の手で……！」

（やっぱり、シロは今日も来るのかな……？）

気が緩《ゆる》まないようにしているのか、暇潰《ひまつぶ》しの相手になってくれているのか。

ヴィルヘルミナが出かける日は、彼が回廊の外で襲撃してくる確率も上がるように、少女には思えた。昨日襲われたばかりだが、そんなことで油断など出来る相手では、無論ない。

菩提樹《ぼだいじゅ》の根元で昼の休憩《きゅうけい》を取る少女は、抜かりなく警戒をしつつ、思考の遊び程度の気持ちでその対応策を検討していた。

といっても、眉根《まゆね》を寄せて思い悩むわけではない。木の幹に背を預けて座り、昨日のように涼風《りょうふう》の中、水と緑の匂《にお》いに包まれて心をくつろげる。

見るでもなく見る先に、曇りなき青空と常昼《とこひる》の太陽、聳《そび》える城館や伽藍《がらん》、整えられた庭園などが、いつもと同じ姿で存在している。のんびりと眺める、それら変わり映えしない光景は逆に、少女の心に過ごした年月分、強く焼き付いている。

白骨《はっこつ》の襲撃に備える緊張も全《すべ》て含めて、とても気持ちがいい、自分のいる場所。

そうして、揺れる木漏《こも》れ日を目に遊ばせる内に、ふと手に枯《か》れ枝が触《ふ》れて、思う。

（武器を持つ、うん）

その方法は、ずっと前に気が付いていた。その手法に凝《こ》って、しばらく色々試していた時期もあった。特に希望も持たず、その案を再検討してみる。

（たしか、前は……）

その手の蔵書を紐解《ひもと》いて、自分のか細い腕でも振り回せる得物《えもの》を見つけ、城館の各所に飾られているものから同種のものを選び出した。これらの管理に当たっているヴィルヘルミナも――彼女は戦いに関してはいつもそうなのだが――少女がなにを試そうとしても、その好きなようにさせていた。

そのとき選んだのは細剣《レイピア》という、主に突きを主眼に置いて作られた武器だった。しばらくそれを使いこなすための鍛錬《たんれん》を自己に課して、なんとか自分の『殺し』（自分で名づけた、敵と戦う際に感じる気配や力の流れのことだ）に乗せることができるようになった。さらに不意討ちに備えて、抜き討ちの技も工夫して身につけた。

しかし結局、非常に不愉快な事実の前に、この一連の行動方針は放棄せざるを得なくなった。

武器一つで挽回《ばんかい》するには、あまりに実力差がありすぎたのである。

回廊内の戦いにおいても、外での不意討ちにおいても、むしろ武器を持ったことで攻撃に気を取られて防御《ぼうぎょ》が疎《おろそ》かになり、かえって以前より酷《ひど》く打ち据《す》えられるという本末転倒《ほんまつてんとう》な結果となってしまったのだった。

「武器を持てるほどの腕か」

そう白骨《はっこつ》から諭《さと》されたようにさえ思える、一方的なやられ方ばかりした。

（もっとも、あの経験も無駄《むだ》じゃなかったけどね）

それまでは、自分の体の範囲にしか『殺し』のイメージと流れを把握していなかったが、いったん武器を取って以降は、得物《えもの》を持った場合のことを、実際に持っていなくても考え、感じるようになった。道具を使うことを覚えた原始人のように、自分以外も戦いに使える、その感触を摑《つか》めたのだった。

（あれから結構経《た》ったけど……たぶん、まだ勝てないだろうな）

他《ほか》でもない、その磨《みが》き抜いた感覚が、彼我《ひが》の実力差を明瞭に感じさせてくれる。相手がそもそも人間以上の存在であることも分かっているが、しかし戦意を喪失《そうしつ》することも諦念《ていねん》を抱《いだ》くこともなかった。今あることを受け入れ、抱いた自分への怒りや悔しさを、次への力に変える。

その次の、次の、次の、次の……いつか辿《たど》り着き、そこから生きる自分たちの姿を、少女は無《む》邪気《じゃき》に想像する。

アラストールを身の内に抱いて、『天道宮《てんどうきゅう》』を飛び出すフレイムヘイズたる自分が、外の世界を案内してくれるヴィルヘルミナを守りながら、シロと一緒に〝紅世の徒《ぐぜともがら》〟と戦う……。

そんな、いつとも知れない未来を思い描いて、少女は少しだけ笑った。

（うん、そうだ、そのためにも）

互いの差を、少しでも縮めておくに越したことはない。

（なにか使える武器はないかな？　他《ほか》の道具を使ってみたらどうかな？　びっくりさせて、私を見直させるようなことはできないかな？）

少女は、俄《にわ》かにワクワクと躍《おど》り始めた胸の前で腕を組み、悪戯《いたずら》を企む子供そのものの顔で想像を玩《もてあそ》び始めた。

そんな彼女の頰《ほお》を、『秘匿の聖室《クリュプタ》』から流れ来る涼風《りょうふう》が優しく撫《な》でた。

少女は産毛《うぶげ》にそれを感じて、ゴシゴシと頰をこする。

と、そのこすった手の甲《こう》が真《ま》っ赤《か》に染まった。

「……」

血ではない。昼食に食べたスパゲッティのミートソースだった。頰に飛んでいたのに気が付かなかったらしい。

ヴィルヘルミナの作るスパゲッティは、乾燥パスタを煮立った鍋《なべ》の中で湯掻《ゆが》いて終わり、という豪快《ごうかい》かつ無茶苦茶なものなので、酷《ひど》く不味《まず》い。いったん冷えたものをレンジで温め直すとなればなおさらである。ミートソースは缶詰《かんづめ》のものであるため、とりあえずそっちの均一な味でごまかすことができるというのが、せめてもの救いだった。

その赤い手の甲《こう》を、どういうわけか少女はじっと見つめ続ける。

「！」

やがて、ミートソースの付いた頬《ほお》に、にんまりとした笑みが浮かんだ。


ここ数年、『天道宮《てんどうきゅう》』は日本《にっぽん》という国の上空を回遊している。

それはアラストールの意思によるもので、大きくはヨーロッパにできるだけ近づきたくないこと、小さくはこの島国が少女の故郷であることが、その理由だった。

ヴィルヘルミナは、この国を回遊地に定めることをアラストールに強制したり提言したことはない。ただ、少女の生活状況について報告する内に、自然とそうなってしまっていた。そういう配慮の一端《いったん》なのか、『天道宮』内での日常会話も、少女の母国語たる日本語で行われている。

ちなみに、ヴィルヘルミナ個人の事情としても、日本はレトルト食品の宝庫ということからポイントが高い。

（なにより、メロンパンはこの国にしかないのであります）

少女の笑顔を脳裏に思い描きつつも表情を平静に保ったまま、彼女は人込みの中を行く。周りが道を開けてくれるので、大荷物を背負っていても進むのに苦はない。

もちろん本人は、その『山のような荷を平然と担《かつ》いで歩く古めかしい格好のメイド』という格好ゆえに、人々が自分を避けていることには気付いていない。

と、不意に、

「自在法」

人込みに穴を空《あ》けて一人行く彼女以外の、彼女以上にぶっきらぼうな声が、どこからか発せられた。鋭くも深味のある女性のものである。しかし、その姿は見えない。

「確認済み。しかし気配は非常に薄いのであります」

「要《よう》警戒」

と、また。

「ここ数年、常に行われているのであります。今日もこれまで同様、我らの座標特定までには至らぬと判断するのが妥当であります。また、下手《へた》な対処を行うことによって、逆に察知される事態を招く恐れもあるのであります」

歩きながら意味不明な独り言をぶつぶつ言っているようにしか見えない彼女の姿に、ますます周囲から人の波が引いてゆく。

「油断《ゆだん》大敵」

「……了解《りようかい》。しかし、『秘匿の聖室《クリュプタ》』の感知は、いかなる自在師にも不可能であります」

声は返事をせず、ヴィルヘルミナも口を閉ざし、黙った。

彼女らは、ゆっくりと歩いていった。

それはおかしな光景だった。

昼の白けが夕の昏《くら》さと混ざり始めた空の下、ビルの林立の中に花がある。花があること自体は、おかしくない。小ぶりながらも手入れの行き届いた、屋上庭園だからである。

鮮やかな赤白を頂いて立つチューリップや、可愛《かわい》らしく淡紅色《たんこうしょく》に群れるデイジーが、風にそよいでいる。鉢《はち》の隅に咲いたタンポポがむしられず残されている辺りに、この庭園の管理者の温かな人柄が感じられた。

おかしなのは、バイクである。

車両用の進入口などどこにもない、その屋上庭園のど真ん中に、エンジンを断続的に重く震わすバイクが停まっていた。それに跨《また》がっているのは、レーシングスーツにフルフェイス・ヘルメットの男である。

(——きた!!)

その男・〝琉眼《りゆうがん》〟ウィネは、シールドいっぱいに広げた一つ目を喜悦《きえつ》に歪《ゆが》めた。

（フレイムヘイズ……奴らだ）

自分たち、この世の歩いてゆけない隣から渡り来た〝紅世《ぐぜ》の徒《ともがら》〟の天敵。

不確実な推測でしかない『世界のバランス崩壊による災禍《さいか》』をお題目《だいもく》に掲げ、同胞を殺して回る、いかれた〝王〟と、その入れ物。

その気配、彼がこの数年かけて追っていた一つの気配が、予定通りの場所に現れる。

（いいぞ……位置も修正誤差の範囲内だ……）

ウィネは、探知・索敵《さくてき》に関する力の操作に長《た》けた〝徒〟である。並外れた知覚の鋭敏さを持つというだけではない。他者に己の知覚を伝染させるという特殊な力をも備えていた。

まるで疫病《えきびょう》のように人から人へ、彼は自身の知覚を伝染させ、広げてゆく。感染者は彼の感覚器の一部となり、その存在する範囲内で得た知覚情報を、彼に届けるのである。そこには見聞きの類だけではなく、〝徒〟やフレイムヘイズの気配を察知することも含まれる。

この力により、彼は常識はずれなまでの広範囲を索敵することができた。しかも、これは自在法でありながら人間への直接的な影響はなく、他者を媒介《ばいかい》に己の知覚範囲を広げるという手法であるため、よほど敏感なフレイムヘイズでない限り、探っていることの事実を気取《けど》られることもない。まさに捜索猟兵《イェーガー》にうってつけの力だった。

ただしこの力の精度は、範囲を広げれば広げるほどぼやけてしまう。また、感染させるには、ある程度意識レベルの高い生物である必要があった。人間が分類するところの『哺乳類《ほにゅう》』程度の意識レベルがないと、感覚を同調できないのである。よって、この力は、哺乳類《ほにゅう》の密生地……つまり人間の多い場所でしか使えない。

この、便利なように見えて、実は制限の多い力を、それでもウィネは持ち前の粘《ねば》り強さと分析能力でカバーし、使いこなしてきた。事実、捜索猟兵《イェーガー》としての彼は有能で、これまでにフレイムヘイズを三十余発見し、十を自身で討ち果たしている。

その彼が、数年前から目をつけていた奇妙な現象があった。

(つくく、いよいよ……いよいよだ)

一人のフレイムヘイズが、消えたり現れたりするというものである。

もっとも、それだけなら大した現象ではない。事実、ウィネも最初はこの現象に注目などしていなかった。この世で、フレイムヘイズと行き逢《あ》いつつも擦《す》れ違うことは珍しくない。最初に捉《とら》えたとき、その居場所は遠く、またいきなり気配を遮断《しゃだん》されて、追跡はできなかった。どうせ自在法で気配を消したのだろう、としか思わなかった。

奇妙だと感じたのは二度目からだった。

一度目の接触も忘れかけていた頃、全く偶然に、その同じ感触を持った気配が至近《しきん》に現れたのである。まさに忽然《こつぜん》、としか言いようのない出現だった。しかも、追跡にかかろうとした矢先、現れたときと同じようにまた忽然と、その気配は途切れた。

その何者かは、並みの〝徒《ともがら》〟の比ではない〝琉眼《りゅうがん》〟の鋭敏な感覚の中、しかも至近で、攪《かく》乱《らん》の残滓《ざんし》さえ残さずに消えてしまったのだった。自在法で気配の遮断《しゃだん》を行ったとしても、その発動した感触まで感じられないというのはおかしかった。

（そう、この俺《おれ》でさえ見失うほどの、気配を遮断する力……）

　自己の力を信じる以上に理解していた彼は、その不自然さに疑問を持った。

　なにより、そのフレイムヘイズらしき何者かは、二度目に接触したとき、すでに気配を遮断する自在法をかけていた。ウィネだからこそ、また至近にあったからこそ察知できたが、たしかにその何者かは、気配を遮断するための自在法を自身にかけていた。

　完璧な遮断を行う者が、なぜわざわざ効果の薄い自在法を使うのか？

　それはつまり、完璧な遮断の方は、その自在法の効果ではない、ということだ。

　完璧な遮断を行う宝具《ほうぐ》をときどき使っているのか？

　そうではあるまい。そんな宝具を持っているのなら当然、常時使うはずだ。

　ではいったい、この状況はなんなのか？

　ウィネは、それに答えることができた。

　正確には、答えを導き出すための経験情報を持っていた。〝琉眼《りゅうがん》〟の感知能力さえも凌駕《りょうが》する、完璧な隔離空間……それは他《ほか》でもない、彼らの本拠地が持つ性質と同じものだった。そして、その彼らの本拠地には、対《つい》となって建造されたという宮殿が存在した。

『天道宮《てんどうきゅう》』。

そこは、この世を謳歌《おうか》する〝徒《ともがら》〟が最も警戒し恐れる〝紅世《ぐぜ》の王〟が潜伏《せんぷく》する、そして恐らくは全《すべ》ての〝徒〟にとって悪夢に近い、あのフレイムヘイズが作られているはずの場所でもあった……もっとも、年若いウィネはそれを伝聞でしか知らないのだが。

(だが、そう、だからこそ手柄《てがら》に……望むべくもない、最高級の手柄になる……同胞に仇《あだ》なす〝王〟の中でも別格の存在である魔神《まじん》と、そのフレイムヘイズ製造の妨害《ぼうがい》……)

以来、彼は常時この国に〝感覚の伝染〟による巨大な網を張り、その気配の現れる範囲と活動周期の法則性を、妄執《もうしゆう》とすら言っていいしつこさで捉《とら》え、探り、分析し続けた。

現れる気配そのものの行方《ゆくえ》を追わず、広く全体の行動律から探ってゆく手法を取ったのは、まさに彼の捜索猟兵《イェーガー》としての有能さを示すものだった。

(どうせ完璧に消える、見つけてから追いかけても無駄足《むだあし》だ……なら、行動パターンを読み取って、突入の機会を得るための先回りをしないとな)

そうして数年、その全体のパターン把握とともに、彼は自分の捉えた相手が『天道宮《てんどうきゆう》』に出入りするフレイムヘイズであることの確信を深めていった。

この気配は数年、同じ場所を……具体的には、日本という国の中央部を行ったり来たりしている。そして、なぜか都会にだけ現れる。

(炎髪灼眼《えんぱつしやくがん》の材料調達《キッドナップ》か？　まあ、穴倉から出てきてくれるのなら、なんだっていいさ)

今、彼は感覚の伝染を、意図的に巨大な円形に広げて、その気配を追っていた。円の中心に、おぼろげながら感じられる標的・フレイムヘイズを置くように。

その移動するごとに『知覚の伝染』も感染者を替えて、可能な限りの円形を維持する。気配が弱くても問題はない。外周部に得られる反応を等しく保っていれば、自然と円は出来上がり、その中心に標的を置くようになる……この繊細で微妙な操作を必要とする手法を、ウィネは数年がかりでようやく身に着けていた。

(これも全て、ベルペオル様のため)

常ならば、気配を消して標的に近付き不意を討つところだが、今回は捉えた標的自体には興味がなかった。それは他《ほか》の奴《やつ》に任せる、というより押し付ける。

その予定を思い、腕時計をチラリと見る。

(そろそろ時間だぞ……まだか？)

連絡しておいた合流時間まで、もうほんの少ししかなかった。

彼の属する〝徒〟たちの組織〔仮装舞踏会《バル・マスケ》〕には、各種の目的を探る『捜索猟兵《イェーガー》』と、戦闘に当たる『巡回士《ヴァンデラー》』という兵種が存在する。常ならば、その巡回士の助力を得てフレイムヘイズを討つのだが、今回は違う。戦闘を巡回士に押し付けて、彼はその逃げる先にあるであろう『天道宮《てんどうきゅう》』の入り口を狙《ねら》うつもりだった。

かの宮殿は、完璧な隠蔽《いんぺい》で気配を隠してしまう。そしてその完璧さゆえに、フレイムヘイズは逃げ込むことを第一に考えるだろう。彼はまさに、その点をこそ突こうとしていた。

（くそっ、早くしないと、フレイムヘイズの活動時間が終わってしまう）

クラッチを、いらいらと指で叩《たた》く。

実は、この襲撃は熟慮と周到な計画の末に決めたことではなかった。

昨日も彼は、いつもと同じように気配を感知し、その監視を行っていただけだった。

それが、昨日の今日でいきなり、監視対象のフレイムヘイズが『天道宮《てんどうきゅう》』から出てきたことで変わった。この数年の監視で、そういう例は何度かあったが、その時点でのウィネは知覚の円形制御《せいぎょ》をマスターしていなかった。普段とは違うなにかが起こり、自分がそれまでよりも巧《うま》く力を繰れるようになっている。心中《しんちゅう》、これらが結びついて突然、

（俺《おれ》はできる）

という確信に似た期待が生まれたのだった。心が、目の前にぶら下がる巨大な手柄《てがら》に向けて動き出していた。行動への欲求と、その結果もたらされる栄光が胸の内を占め、動く、それ以外のことを考えられなくなった。だというのに、

（なにをしていやがる……！）

その手駒《てごま》たる巡回士《ヴァンデラー》が来ない。急な連絡ではあったが、間《ま》に合わないようなら最初から来援要請などしない。そもそも、巡回士《ヴァンデラー》が決められた時間に決められた場所に詰めるというのは、他《ほか》でもないベルペオルが定めた［仮装舞踏会《バル・マスケ》］の規則である。それを破られることは、彼女を侮辱《ぶじょく》することに他ならない。今の状況は、ウィネにとって二重の意味で不愉快だった。

「くそ、これだから戦闘しか頭にない巡回士《ヴァンデラー》どもは――」

罵《ののし》りを、ウィネは中途《ちゅうと》で切った。

いきなり、周囲のビルや電線に止まっていた雀《すずめ》が全《すべ》て飛び立った。その何羽かは黒焦《こ》げになって電線から落ちてゆく。

その死骸《しがい》から零《こぼ》れる火の粉《こ》の色は、錆《さ》びた青銅のように不気味な緑青色《ろくしょういろ》。

(まさか――！)

ウィネは最悪の事態に思い至り、戦慄《せんりつ》した。

穏やかな陽光の中にあった屋上庭園が、じんわりと光景に違和感を滲《にじ》ませ始めた。

陽光は目障《めざわ》りに瞳を刺し、影は陰鬱《いんうつ》に澱《よど》み、花々は不穏の気配に揺れ、風はまとわりつくように体表を撫《な》ぜる。

その中、ウィネの正面に、細長い姿がユラリと伸び上がっていた。

羽根飾りのついた重たげな帽子《ぼうし》と、ダラリと地まで垂れ下がるマント、それだけの存在。しかし、代わりにそれは、陽光の中にありながら見る者の不安と動揺を誘わずにはいられない、恐るべき深さと暗さを漂《ただよ》わせていた。

ウィネは唸《うな》るように、その異様な〝徒《ともがら》〟の名を搾《しぼ》り出す。

「……オルゴン……」

「貴様が如き雑輩《ぞうはい》に、私を通称で呼ぶ資格は、ない」

帽子《ぼうし》の下、マントの内に開いた空洞《くうどう》から、陰鬱《いんうつ》な声が響いた。

ウィネは、一つ目を不快げに歪《ゆが》めつつも、口答えを避けた。

「失礼、した…… 〝千征令《せんせいれい》〟殿」

苦虫を噛《か》み潰《つぶ》したような声の裏で、ウィネは全《すべ》てを呪《のろ》っていた。

(じょ、冗談《じょうだん》じゃない、〝千征令〟だと!?)

この〝千征令〟オルゴンは、戦闘を任務とする巡回士《ヴァンデラー》の中でも、特に虐殺《ぎゃくさつ》・殲滅《せんめつ》を得手《えて》とする本物の戦争屋……しかも並みの〝徒《ともがら》〟ではない。強大なる〝紅世《ぐぜ》の王〟だった。

ウィネが目論《もくろ》んでいた、フレイムヘイズを適当に突付いて『天道宮《てんどうきゅう》』に逃げ込ませる、その程度で済ませるような生ぬるい力の持ち主ではなかった。下手《へた》をするとフレイムヘイズをその場で押し包み、瞬殺《しゅんさつ》してしまうかもしれない。それでは元も子もなくなってしまう。

それに、この〝王〟は[仮装舞踏会《バル・マスケ》]においてウィネよりもはるかに上席……ウィネが羨《うらや》んで止《や》まない、ベルペオル直属という地位にある。フレイムヘイズの追討においては、その発見・先導者である捜索猟兵《イェーガー》が主導権を持つという通例も、この高慢な〝王〟の前ではどれほど意味を持つのか分からなかった。

(なぜ、よりによってこんな奴《やつ》が、ここに……!!)

戦闘力と作戦指揮、双方《そうほう》において制御《せいぎょ》不能という最悪の事態に焦《あせ》るウィネに、

「……無礼者めが」

不意にオルゴンが、虚《うつ》ろな姿の内から声を放った。

「っは？」

「貴様は、この〝千征令《せんせいれい》〟の前で騎乗《きじょう》を許されるほどになったのか」

「は、はっ！」

ウィネは慌《あわ》ててエンジンを止め、バイクから降りた。その不快な話を続けさせないために質問する。

「と、東洋に、おいでてしたか」

「我らが軍師《ぐんし》殿、直々《じきじき》の命《めい》とあれば是非《ぜひ》もあるまい」

「……」

ウィネの、不快さに濁《にご》る胸の内に、暗い嫉妬《しっと》が混ざった。口にした言葉、それ自体も気に喰わない。

（なにが『軍師』殿だ）

ベルペオルは、近代になって［仮装舞踏会《バル・マスケ》］を改組した際、自己の役職名を古めかしい『軍師』から『参謀《さんぼう》』へと改称した。

盟主や三柱臣《トリニティ》（ウィネは『将軍』には会ったことがなく、『巫女《みこ》』にも一度、この世に来た際の訓令《くんれい》を貰《もら》っただけだ）の呼称や位置付けはそのままだったが、組織を運営していたのは実質ベルペオルだけだったので、特に確執《かくしつ》も問題もなかった。〝徒《ともがら》〟の中でも体制に属すること

を好《よ》しとする者、統制の取れた行動を好む者たちの集った組織の一つである［仮装舞踏会《バル・マスケ》］の主導部らしいといえばらしい。

ちなみに彼女らは、組織に属さず好きに闊歩《かっぽ》している連中に対しても、大集団ゆえの影響力から指示を下すことがある。もっとも、単独で行動するような連中は概《おおむ》ね——例えば、彼が数年前『星黎殿《せいれいでん》』に案内した年若い兄妹のように——態度が悪かったり大きかったりするので、それを素直に聞くとは限らないのだが。

まさに、人それぞれ、というやつである。

ともあれウィネは、そんな彼女の古い呼称をオルゴンが未だに使っていることが、いかにも古来よりの臣《しん》であることを誇示している様に思えて忌々《いまいま》しかった。それを隠して訊《き》く。

「……なにか、大きな作戦でもありましたか？」

「我が力の前には、取るに足りぬ些事《さじ》よ。この国で新たに発見された、フレイムへイズどもの外界宿《アウトロー》を踏み潰《つぶ》したのだ」

外界宿《アウトロー》とは、フレイムへイズらが情報交換を行う、共同の隠《かく》れ家《が》である。〝徒〟と違い、群れることを嫌う者の多いフレイムへイズが集う、数少ない場所だった。〝徒〟も同様の拠点を世界に数多く持っており、その発見と殲滅《せんめつ》は互いの重要な使命となっている。

「その重要な任務を終えた帰りに、貴様に呼びつけられたのだ」

（ちっ、取るに足りないことじゃなかったのか）

ウィネは心中で毒づいた。

オルゴンの声には、年数的には新参者《しんざんもの》であるウィネに対する、隠れない侮蔑《ぶべつ》の色がある。この戦争屋は、自己の力を過信し、ゆえに捜索猟兵《イエーガー》を侮《あなど》る傾向にある巡回士《ヴァンデラー》の典型的な存在なのだった。それでも、呼び寄せてしまったからには、なんとか巧《うま》く利用せねばならない（無論、協力しようなどとは欠片《かけら》も思っていない）。

「貴様の要請など無視しても良かったが、軍師《ぐんし》殿の下へと持ち帰る情報は、多くあるに越したことはない。どんな瑣末《さまつ》な戦いでも一応の足しにはなると思い直し、加勢に来てやったのだ」

まるで感謝しろとでも言いたげな、傲慢《ごうまん》なオルゴンの口調だった。

しかしウィネは捜索猟兵《イエーガー》として、その話に気になる点を見つけた。

「情報？」

戦争屋が外界宿《アウトロー》を襲撃した……恐らくはフレイムヘイズを殲滅《せんめつ》したのだろうが、それだけが任務ではなかったということか？

「貴様にも、捜索《そうさく》の命《めい》は下っていたはずだ」

初めてオルゴンの高圧的な口調に変化が出た。感情を強いて消《し》そうとしている、つまりは下手《したて》に出たと悟《さと》られないように、問い質《ただ》しているのだ。

ウィネの大きな一つ目が、ピクリと震える。

「……〝道司《どうし》〟殿のことですね。外界宿《アウトロー》で、その情報は？」

「私が踏み潰《つぶ》したフレイムヘイズどもは、誰も知らぬと言い張った」

ウィネはその、僅《わず》かに憮然《ぶぜん》とした調子の声を聞いて、心中《しんちゅう》で嘲笑《あざわら》った。

（ふふん、ベルペオル様の指令は、ガープの消息に関する情報収集だったんだな……？）

その〝道司〟ガープとは、ベルペオルの意を受け、東洋の各地で活動する同胞たちの連絡役として動いていた〝徒《ともがら》〟の一人であり、オルゴンと同じく強大な〝紅世《ぐぜ》の王〟である。

その彼が数ヶ月前、唐突《とうとつ》に消息を絶った。

東洋にある［仮装舞踏会《バル・マスケ》］構成員の中でも五指《ごし》に入る使い手であり、ベルペオルが連絡役の任に当てたように、頭脳の面でも切れ者だった彼の、突然の失踪《しっそう》。当然それはフレイムヘイズによる討滅《とうめつ》ということになる。

ベルペオルは、彼がどのような状況の下、誰の手によって討ち果たされたのかを探るため、新たに発見された外界宿《アウトロー》に、この戦争屋を派遣したに違いなかった。

（……で、それに失敗して、俺《おれ》の所に情報をせびりにきたというわけか、ざまあないな）

ウィネは自分の計画を邪魔《じゃま》されつつあることへの復讐心《ふくしゅうしん》を満足させつつ、考える。

（そのことを梃子《てこ》に、コイツを俺の望むように誘導できるか……？）

今、自分の知覚の網にかかっているフレイムヘイズ。

情報を欲しがっている戦争屋、〝千征令《せんせいれい》〟オルゴン。

この二つ嚙《か》み合わせることができるだろうか。

巧《うま》く立ち回らねば、オルゴンに自分の、数年かけた大手柄《おおてがら》を横取りされる可能性もある。しかし、もはや状況的にも心情的にも止《とど》まることはできない。

（ええい、ままよ……）

とにかく、フレイムヘイズにぶつけて、その状況の中で臨機応変《りんきおうへん》に動くしかない。あの『天道宮《てんどうきゅう》』に出入りしている以上は〝天壌の劫火《てんじょうのごうか》〟の一味であるに違いない。無能な弱者とは思えなかった。あるいはオルゴンとも、少しは戦えるレベルにあるかもしれない。自分にも漁夫の利を得るチャンスは十分にあるはずだった。

それら、僅《わず》か数秒で流れた打算を経て、ウィネは何食わぬ調子で答える。

「私も、特に有益な情報は……優先して捜索せよ、との命も受けておりませんので」

「そうか、期待はしていなかったが」

どうしてこう、いちいち癇《かん》に障《さわ》る物言いしかできないのか……ウィネはひたすら耐《た》える。

「何者かは知らぬが、あの〝道司《どうし》〟がフレイムヘイズごときに後れを取ったのだ。よほどの使い手に違いあるまい……貴様の見つけた敵も、せめてその程度、私の無駄足《むだあし》の憂さを晴らせるほどの相手なのであろうな？」

已の強さへの絶対的な信頼……この世を自侭《じまま》に闊歩《かっぽ》する〝徒《ともがら》〟としては当然のメンタリティである。

（失踪《しっそう》した〝道司〟も、そうだったんだろうがな）

とウィネは心中《しんちゅう》嘲《あざけ》りつつ、

「強力なフレイムヘイズである可能性は十分にあります……あるいは、〝道司〟についての情報も得られるやもしれません」

と軽く餌《えさ》を撒《ま》くつもりで言った。

それが効いているのかどうか、帽子《ぼうし》とマントだけが宙に浮いているという、オルゴンの虚《うつ》ろな外見からは判断がつかない。

しかし、フレイムヘイズに訊《き》いてみるというのは、実はやってみて損のない話ではあった。彼らは、その成り立ちゆえに概《おおむ》ね復讐《ふくしゅう》者であり、〝徒〟への憎しみによって動いている。だから当然、己の討滅《とうめつ》の成果は誇るべきもの、語るべきものなのである。

オルゴンもようやく、ウィネの助力へと心を傾け始めた。

「よかろう。ともかくも、踏《つぶ》み潰してやる」

「は、ご助力に感謝いたします」

ウィネは、せいぜい白々《しらじら》しくならないよう気をつけて、戦争屋に答えた。

ウィネもオルゴンも、〝道司〟の失踪《しっそう》について、一つの可能性を知っていた。

しかし、それを口にすることも、意識に上らせることもなかった。

この数百年、それがそういうものであることは、〝紅世《ぐぜ》の徒《ともがら》〟、フレイムヘイズともによく知られていた。にもかかわらず、彼らがそれを警戒することは、全くなかった。

その名を呼ぶのは不吉《ふきつ》であり、思い浮かべるのはナンセンスだとされていた。

皆、楽観していた。

よもや自分が襲われるようなことはあるまい、襲われれば終わりだろうが、そんなことはまずあるまい、と。

〝紅世〟に関わる者で、その恐ろしさを伝え聞いていない者はない。

しかし、巡り会ったときのことを想定し、備えている者も、いなかった。

雨の日に、落雷を警戒して避雷針を携行《けいこう》する者はいない。暗雲の黒々とした姿に、驚き感嘆する者はあっても怯《おび》える者はない。空に雷鳴轟《とどろ》き、稲妻が閃《ひらめ》くことになっても、せいぜいが外出を控える程度のことで、急ぎの用事があれば無視して出かけもする。

いざ自分に雷が落ちるまで、その無用心さを後悔することはない。

誰も、その無用心さを笑わない。

運のない奴《やつ》、と同情するだけである。

そして、落雷に遭《あ》った者は、確実に死ぬ。

死んだ者は、運が悪かった、で終わりである。

彼らが知る〝道司《どうし》〟失踪《しっそう》についての一つの可能性も、それと全く同種のものだった。

誰もが知っていて、しかし注意することもなく、破滅の瞬間まで自分の不運に気付くことがない……それは全く、天災そのものだった。

誰もそれを警戒せず、気を払うこともない。

でありながら、それは確かに存在していた。

しかも今、ゆっくりと近づきつつあった。

その天災には、名前が付いていた。

伝説や迷信にも似た響きでもって語られるその名を、〝天目一個《てんもくいっこ》〟という。

それが、ゆっくりと、近づいてくる。


薄茶色に壁の焼けた、天井《てんじょう》高く床《ゆか》広いそこは、一応『天道宮《てんどうきゅう》』の厨房《ちゅうぼう》だった。

だったが、しかしその本来の機能を果たすものは、隅っこに申し訳程度に据《す》え付けられた流し台と食器棚のみで、それ以外の床も壁も、積み上げられた乾物の箱とレトルト食品を入れる巨大冷蔵庫で占められていた。

まるでコンビニの倉庫と見紛《みまご》うようなそこから、少女は大きな箱を抱《かか》えて出た。箱にはトマトケチャップと書いてある。

（一方的にやられるってのは、要するに同じ手段で対抗してるからなのよね）

少女の顔は、悪戯《いたずら》を企《たくら》む子供のものである。小さな鼻と柔らかな頰《ほお》を微妙に膨《ふく》らませた興奮の面持ちで、しかし少女は常にも増して周囲を警戒する。

(仕掛ける前に飛び掛かられちゃ、意味がないもの)

もちろん、仕掛けをじっと観察されるのも都合が悪い。少女が白骨《はっこつ》から叩《たた》き込まれた戦いの鉄則は、『不意討ち』なのだから。

どんな相手だろうと、とにかくその思い通りにさせるよう戦ってはいけない。相手の『殺し』の態勢を崩し、こっちの『殺し』を巧《うま》くその隙間《すきま》に入れる。決まった構えも取るべき戦法も教わったことはない。臨機応変《りんきおうへん》に力を行使するための『動作のテストパターン』を、ひたすら襲撃と応戦という形で体に刻み込んできただけだった。

(でも、やっぱり勝てない)

そう簡単に勝てないのは分かっている。昨日の晩、ヴィルヘルミナがアラストールに言ったように(と彼女は誤解していた)、まだまだ自分は未熟だが、たまには一矢《いっし》、変則的にでも報《むく》いてやりたかった。立ち向かうという意味でも、彼の育てた自分を見せてやるという意味でも。

(そうだ、見せてあげよう……私がここまでできるようになった、って)

大きな悪戯心と少しの嬉《うれ》しさに歩を弾《はず》ませて、少女は駆《か》けてゆく。

少女は、日夜彼女を痛めつける白骨が、全然嫌いではなかった。むしろ、大好きでさえあった。彼(?)が、アラストールやヴィルヘルミナとはまた違う方法で自分を育ててくれていることを、誰から説明されるでもなく知っていた。他《ほか》でもない、自分の体の痛みの中から見つけた、それは真実だった。

これまで、どれほど重傷を負わされても、以降の体の障《さわ》りになるようなことは決してなかったし、そもそも重傷になったのは全《すべ》て、自分の下手《へた》な防御《ぼうぎょ》が呼んだ、自業自得《じごうじとく》のアクシデントなのだった。それでも自分がこうして生きて、育っている。それは間違いなく、言葉さえ交わしたことのない彼との、無骨《ぶこつ》だが思い遣りに溢《あふ》れた交錯《こうさく》の結果だった。

少女は、厳しさを忌《い》み嫌い、甘えを追い求める人間ではなかった。厳しさがなにを自分に与えているか、それを冷静に見つめることのできる人間だった。だから、行為からの成果を与えてくれる彼を好きになることができた。

そんな彼に、自分の成長振りを見せ付ける……それは少女の恩返しであり、同時に自身の誇りの顕示《けんじ》でもあるのだった。もちろん、悪戯そのものを楽しんでもいる。

（……びっくりさせてあげよう、それから、どうだ、って言ってあげよう……）

少女が目指すのは、あのお気に入りの菩提樹《ぼだいじゅ》である。

最後の買い物にスーパーに寄ったヴィルヘルミナは、パンの棚を前に唸《うな》っていた。

「……む、む」

いつもなら一個だけしか買って帰らないのだが、昨日あげたものは少女が自分で潰《つぶ》してしまった。そのときの顔を思い出して、唸《うな》る。

「む、む、む、む」

甘やかしてはいけない。いやいや、甘えるような少女ではないことは重々《じゅうじゅう》分かっている。しかしだからといって、自分が規範を逸脱《いつだつ》するような真似《まね》をしていいことにはならない。そういう、いわば少女に甘える行為は、他《ほか》でもない少女自身を駄目《だめ》にしてしまう。

いやしかし。

いやだめだ。

煩悶《はんもん》する彼女は、ふと昨日の夜、アラストールとの話を思い出す。

（そういえば、もう十二年になるのであります）

少女への誕生日のご祝儀《しゅうぎ》ということではどうか。

もちろんそれは言わない。フレイムヘイズは誕生日を祝わない。だから、これはあくまでもたまたま手違いで紛《まぎ》れ込んでいたのだ。そう、そういうことにしよう。

思い、最近連続して買っている銘柄《めいがら》と、もう一つ、別種のものを取る。紛れていたのだから、混沌《こんとん》の様を演出するためにもこれは必要な措置だった。決して、少女にいろんな味を食べさせてあげたいからではない。

そう理論武装するヴィルヘルミナは、自分の目の端《はし》が笑みを形作っているのに気付いていない。もちろん『大荷物を背負い、パン売り場の前で目元を痙攣《けいれん》させているメイド』に怯《おび》える他の客が、自分から距離を取っていることにも。

そうして彼女は、二つのパンを持ってレジへ向かおうとして、

「！」

足を止めた。

「接近中」

どこからともなく、鋭く深い女の声がした。

ヴィルヘルミナも頷《うなず》く。

「了解《りょうかい》……確認したのであります」

どうして自分たちの事が知れたのか、相手は何者か、『天道宮《てんどうきゅう》』への影響は、それらの詮索《せんさく》は後回しだった。まずは、目の前で起こった事象《じしょう》に、自身の選択の幅を広げるための的確な対処を行う。少女にも散々《さんざん》教えた、とある心得の一つだった。

「離脱」

「了解《りょうかい》。積荷を放棄。後、離脱するのであります」

言い合うと、彼女は背の大荷物を放り出した。文房具のセットや新しいタオル、箱ごと買ったレトルトパックなどが一斉《いっせい》に散らばる。

（しまった、買い物メモは、さっき捨ててしまったのであります）

所帯染《しょたいじ》みた後悔とともに、彼女はエプロンとスカートを膝《ひざ》までたくし上げて走り出した。驚く周囲の人々を押しのけ、というより無視して駆《か》け抜け、スーパー前の広い駐輪場に出る。

「接敵《せってき》」

短い女の声とともに、ゴバッ、と粘質《ねんしつ》の炎《ほのお》が駐輪場に溢《あふ》れかえった。

その不気味な緑青色《ろくしょういろ》の炎はすぐに通り過ぎて、駐輪場全体を包む陽炎《かげろう》のドームと、地に描かれた火線の紋章《もんしょう》だけを残す。

世界の流れから内部を切り離し、隔離《かくり》・隠蔽《いんぺい》する因果孤立空間〝封絶《ふうぜつ》〟の発現だった。

ヴィルヘルミナは、その内に取り込まれた周囲の人々のように静止しない。たくし上げたエプロンとスカートから手を離して棒立ちになり、首も目線も動かさず、感覚だけで周囲を窺《うかが》う。

その背後から、

「……見ぬ顔だな、フレイムへイズ」

聞くだけで気の沈みそうな、陰鬱《いんうつ》な声がかかった。

フレイムへイズ・ヴィルヘルミナは無言のまま振り向き、見上げた。

その先、スーパーの屋根にある派手な電飾看板の上に、違和感の塊《かたまり》のような羽根付き帽子《ぼうし》とマントの細い姿が、ぬうっと突っ立っていた。

ヴィルヘルミナは、その〝紅世《ぐぜ》の王〟のことを知っていた。

「……ふむむ、〝千征令《せんせいれい》〟オルゴンでありますな」

「正解」

呟《つぶや》くようなやり取りに、オルゴンは怪訝《けげん》そうにマントだけの体を前に屈《かが》めて言う。

「どうした……なぜ、変わらぬ。それとも、契約したばかりで力もろくに使えぬ新参《しんざん》か？」

その陰鬱《いんうつ》な声の底には高慢《こうまん》な響きがある。

ヴィルヘルミナは、また無言。戦いの最中にペラペラ無駄《むだ》話をして情報を与えるような馬鹿《ばか》な真似《まね》はしない。これも、少女に教えた、、、、、、、、フレイムヘイズとしての心得の一つ。

やがてオルゴンは己の空《うつ》ろな奥に緑青色《ろくしょういろ》を燃やし、言う。

「ふん、この程度の獲物で満足せよとは……やはり雑輩《ぞうはい》が戯言《ざれごと》、当てになどならぬな。早々《そうそう》に踏み潰《つぶ》してくれよう」

そのマントを透り抜けて、大きな分厚《ぶあつ》い手袋が二つ現れた。見えない腕でもあるかのようにそれは持ち上がり、マントの前面で指をいっぱいに開く。

「まずは、『ホグラー』の勢《せい》、出《い》でよ」

封絶《ふうぜつ》の一角に、ぬらり、と主《あるじ》同様に薄い影が立ち上がった。

騎士《きし》の正面像が描かれた、等身大の紙だった。まるで古い西洋の木版画のような、緻密《ちみつ》と粗雑、写実とデフォルメ、それぞれの中間にあるような平坦《へいたん》な顔と鎧《よろい》姿。それが、描かれた絵を動かさず、紙ごとヒラリと手に持った薄い剣を振り上げた。

すると、その背後に同じく兵士の像を描かれた数十もの紙が一斉《いっせい》に立ち上がり、槍《やり》の穂先《ほさき》をそろえる。薄いそれらが触れ合うと、鋭く耳障《ざわ》りな金属の擦過音《さっかおん》が響いた。

「次に、『ラハイア』の勢《せい》、出《い》でよ」

同じく、ヴィルヘルミナを挟むように駐輪場の反対側、二人目の紙の騎士《きし》が立ち上がった。

また同じく、それは剣を天に指し、背後に槍《やり》を構えた紙の兵士らも立ち上がる。

それら全《すべ》て、薄くも光沢《こうたく》に満ちた西洋鎧《よろい》を着込んでいる。ただし、光沢は鋼《はがね》の銀色ではなく、不気味な緑青色《ろくしょういろ》である。様式も筆致《ひっち》も芸術的といってよい紙の軍勢《ぐんぜい》は、それだけで幽鬼《ゆうき》の群れにも見えた。

これぞ名にし負う〝千征令《せんせいれい》〟オルゴンの力、『レギオン』。

自身の存在を削《けず》って生み出した、紙の如き、しかし強力な戦闘集団だった。

「変わらぬというのなら、我が『四枚の手札』を全《すべ》て出すまでもあるまい。まずは、このあたりでよかろう……」

高慢《こうまん》で陰鬱《いんうつ》な声を受けて、しかしヴィルヘルミナは棒立ちのまま、首だけを左右、機械のように巡らせる。僅《わず》かに眉根《まゆね》を不快げに寄せたが、それも一瞬、元の無表情に戻る。

「……なんとも、久しぶりであります」

「無問題」

ボロをまとった白骨《はっこつ》ことシロは、いつものようにブラリと薄暗い回廊を出て（少女の思っていたように、ヴィルヘルミナの外出と、彼の襲撃確率の間には因果関係はなかった）、少女の姿を求めた。

伽藍《がらん》に掲げられた闘争のパノラマの下、巨大な列柱の間を通って城館に入る。廊下正面の玄関から出ると、常昼《とこひる》の陽光がその貧相な体を刺し通した。

少女の居場所はすぐに分かった。未だ契約していないのが信じられないほどに大きく、強く、爽《さわ》やかな……まるで、そう、彼女のように『素晴《すば》らしい』気配だった。

ヴィルヘルミナの方の気配はない。どこかに出かけているようだが、元々いてもいなくても同じだった。互いの職掌《しょくしょう》には干渉《かんしょう》しない、これは始めたときに決めた三者の約定《やくじょう》だった。

庭園を囲う深緑の生垣《いけがき》を抜けて、水辺へと向かう。

お気に入りの菩提樹《ぼだいじゅ》の下だろう、そう思って歩いてゆくと案《あん》の定《じょう》、少女は木の根元に頭を持たせかけて眠《ねむ》っていた。

後頭部を幹に置いて僅《わず》かに上げ、両手は前で組まず地に置き、膝《ひざ》を適度に曲げている。少女が自分でそうするようになった——彼は少女に言葉でも動作でも教えたことはなく、その不備を突き続けてきただけである——不意討ちへの警戒姿勢である。もちろん、体勢だけではない。油断なく周囲に気を張る、無意識の警戒も行っていた。

そのくせ、木陰の下、スヤスヤと気持ちよさそうに眠っている。長い髪を右側にまとめて眠る癖や、少々短すぎるチャイナ服など、心和《なご》む可愛《かわい》らしい寝姿だったが、それはそれである。彼は容赦《ようしゃ》をする気はなかった。もちろん、寝込みを襲うことも、この二人の間では珍しいことではない。

彼は慎重《しんちょう》に気配を消して近付く。彼の気配は、通常の〝紅世《ぐぜ》の徒《ともがら》〟はおろか、人間と比べても遥《はる》かに希薄《きはく》だったが、最近の少女はなにかの拍子で、それさえ察知してしまう。正直、不意討ちを行うことは、もう限界に近くなっていた。

彼は、己が立てた誓約《せいやく》ゆえに、その成長ぶりを嬉《うれ》しく思っていたが、同時に寂寥《せきりょう》感も感じていた。子を手放す親、弟子に超えられる師匠《ししょう》、という類《たぐい》の温かなものではない。この鍛錬《たんれん》を終えることによって喪《うしな》われる、どちらかの存在への寂寥感だった。

過去数百年の間に鍛錬してきた者たちには、そこまで求めることはなかった。適性がなければ放り捨てる、あるいは打ち据《す》える。そうすればヴィルヘルミナが後の処理をして（外界に逃がされていたようだが、彼には去った者への興味はないので詳しくは知らない）、いつの間《ま》にかいなくなっている、それで済んでいた。

しかし、少女は違った。

彼女は本物だった。

あと数年もすれば、人間の身で、今の彼の力を超えるまでの戦士へと成長するに違いない。アラストールはそうなった少女を『炎髪灼眼《えんぱつしゃくがん》の討ち手』として認め、契約するだろう。

そうして、完成した〝フレイムヘイズ〟と彼は、戦う。

それが、あの遠い日の誓約《せいやく》、究極の完成の形なのだった。

常のように、それらの感情を抱《いだ》きつつも動揺することなく、少女に近付いてゆく。

少女はまだ寝ていたが、油断はできない。もう、気配を全く変えることなく寝た振りをし続けることもできるようになっている。あしらうどころではない、常に真剣勝負をかけねばならなかった。

ふと、気付いた。

少女の両手の下に、それぞれ一本ずつ、木の棒が置いてある。

今さら武器を使うというのも意外だったが、その他方面の進歩の度合いから、警戒の度を強める。左右どちらから襲いかかっても素早い抜き打ちをかけるための備えだろう。そこから彼女の殺界《さつかい》を感じ、その内に踏み込まないよう、芝を折る足音も立てずに忍び寄る。

少女はまだ目覚めない。

白骨《はっこつ》はそれと木の幹を挟んだ反対側に、ゆっくりとボロの足で、しかし音無しに近付く。彼女が不意に飛び起きたとて、木の幹を回る、その動作を行わねばならない。彼はその姿の出た瞬間を狙《ねら》い打つつもりだった。

しかし、少女はまだ目覚めない。

こちらが出てゆくまで待っているのか、と彼は推測する。さっきの理屈が、今度は彼の不利に働くということだった。なら、と留《とど》まることのない彼の思考は、上へと向かう。一跳《ひとと》び、樹上に。踏み切りにおいても枝の内に足をかけた際にも、やはり物音一つせず、葉の一枚も落ちない。渡る風よりも静かに、枝間から少女を窺《うかが》う。

やはり、少女は目覚めない。

白骨《はっこつ》は遂《つい》に、その身を幹に沿って落とす。振り上げた拳《こぶし》で、真上から一撃を加えるつもりだった。少女に対策があるならよし、なければ打つまで。いざ彼女に動きがあれば、幹を蹴《け》って方向を変える。

そう思う目の前で、少女が目を開けた。と同時に身を起こし、大きく前転して彼の攻撃から身をかわす。ついでのように、右手に棒を一本、摑《つか》んでいた。

彼は、幹を蹴って少女に飛び掛かるのは危険だと判断した。空中では方向を変えることができない。そのまま着地して少女の攻撃をかわし、一撃を打ち込むことにする。

と、

地面、少女が寝転んでいた場所、彼の着地点が、赤い飛沫《しぶき》とともに沈み込んだ。

（やった！）

少女は自分の身で隠していた地面に、特大のビニール袋に入れたトマトケチャップを埋めていたのだった。左右に棒を置いていたのは、用心のためという以上に、攻撃を頭上の一点に絞《しぼ》らせるため、そして攻撃の手段がその棒であることを錯覚《さっかく》させるためだった。

そして今、その作戦は見事成功し、白骨はその体を飛沫の中で真《ま》っ赤《か》に染めた。

（驚かせるだけで十分！　その動きの止まった隙《すき》を、叩《たた》く!!）

いつもの彼の動きから、どうせこの一撃はかわされてしまうだろう、と思いつつも、少女は自分が初めて白骨《はっこつ》の意表を突いたことへの興奮とともに、棒による一撃を繰り出した。

「っ!?」

ガン、と全く呆気《あっけ》なく、そしてこれまでの鍛錬《たんれん》で初めて、少女の攻撃が当たった。

振るわれた棒が、ケチャップの中で静止した白骨の首を叩いていた。

その、あまりに予想外な結果に、罠《わな》を仕掛けた少女自身が驚いていた。

打たれた側、白骨は衝撃《しょうげき》に微動だにせず、立ち尽くしている。

（……）

ただ、視界の赤い飛沫《しぶき》に全《すべ》ての心を奪われていた。眼孔《がんこう》に、赤い一滴が落ちる。

（……血）

同じ色の飛沫の散る光景が脳裏で瞬《また》き、彼の心を、恐怖と失望と悲しみと怒りで染め上げる。

（……血が）

それを求めるためではなかった。そうなることを止めたかった。だから戦ったのに。

（……彼女の血が）

宿敵『炎髪灼眼《えんぱつしやくがん》の討ち手』、愛《いと》しい女、死に赴《おもむ》く女、彼女を、止めるために戦ったのに。

(——彼女の血が！)

なのに、彼女は自分の剣を受けて血を流し、その代わりに自分を打ち倒し、自分を置いて。

(——彼女の血が——!!)

あいつと二人で進み、あいつのためにその身を擲《なげう》って、あいつの志のために、自分の主を。

「あ、あ」

少女は最初、それがなんであるか、理解できなかった。

「あ、あ、あああ」

それは、少女が生まれて初めて聞く、白骨《はっこつ》・シロの声だった。

「ああああああああああ!!」

叫びの中で突然、光が奔《ほとばし》った。

その手より輝き出でた、七色の、直線の、光。

少女の網膜を焼いて吹き荒れる、圧力を持った光輝《こうき》の塊《かたまり》。

虹《にじ》、だった。

「!?」

それが一撃、鮮やかな輝きの中で芝を押し砕《くだ》き、菩提樹《ぼだいじゅ》をなぎ倒し、少女を弾《はじ》き飛ばし、
そして、『秘匿の聖室《クリュプタ》』に……『天道宮《てんどうきゅう》』を守っていた防御壁《ぼうぎょへき》に、大きく突き立った。

（な、なんだ!?）

オルゴンの張った封絶《ふうぜつ》の外、離れた場所にバイクを止めて戦況《せんきょう》を監視していたウィネは、突然湧《わ》き起こった、力の爆発の如き感覚にレーシングスーツの総身を震わせた。

異変が起こっていた。

彼の鋭敏な感覚を使うまでもなかった。

恐るべき明度の虹《にじ》が、宙のど真ん中から発生して一直線、空中を貫き奔《ほとばし》っていた。

あまりに唐突《とうとつ》で、あまりに美しく、あまりに異様な、その光景。

彼の周囲の群衆も度肝《どぎも》を抜かれ、呆然《ぼうぜん》と空を見上げる。それは数秒と持たず消えたが、ウィネにはそれで十分だった。

虹色の光の意味を……かつてその力を振るった恐るべき〝紅世《ぐぜ》の王〟が存在したことを、若い〝徒《ともがら》〟である彼は知らなかったが、

（——っくく!）

ただ、その結果もたらされたものに狂喜していた。

（——あった!）

シールドに描かれた大きな一つ目が、その縁《ふち》を越えるほどに見開かれる。とんでもないものが〝琉眼《りゅうがん》〟ウィネの知覚の中に浮かび上がっていた。

虹の一撃によって綻《ほころ》んだ『秘匿の聖室《クリュプタ》』が全体を修復するために薄まった結果、見えたもの。

それは球体……まさしく、彼等の本拠地と瓜《うり》二つな、空中に浮かぶ巨大な球体。

そして、そこから中世城門の跳《は》ね橋《ばし》のように下ろされた、長く広い一つの道。

(あったぞ!!)

捜《さが》し求めていた、これが大手柄《おおてがら》の現れだった。

「ハハ！　ハハハハハハ！　なんだ、なんなんだ!?　誰のせいだ、なんのおかげだ!?　いいぞ、素晴《すば》らしい、世界は俺《おれ》のために回ってるじゃないか!!」

人目もはばからず、彼は叫び、大笑いした。

その奇態に驚く周囲の人々を無視して、彼はアクセルを開け、バイクを出した。

ビルの屋上から伸びているらしい、『天道宮《てんどうきゅう》』へと続く長い跳ね橋は、彼にとっては栄光への階段にも見えた。


騒然となる群衆の中に、混じりつつも気付かれない、隻眼鬼面《せきがんきめん》の鎧武者《よろいむしゃ》の姿があった。

その鎧武者・〝天目一個《てんもくいっこ》〟は、夢遊病者が目覚めるように顔を跳ね上げた。

「――強者《つわもの》――」

天空に浮かぶ球体を、彼は確認する。続いて、目を下方に転じる。封絶《ふうぜつ》が張られている。

彼の行動律は、その存在の理由から規定されていた。

「――強者《つわもの》――」

それは唯一つ、『強大な〝紅世《ぐぜ》の徒《ともがら》〟と戦う』である。

「――強者――」

彼は球体の方へと向き直る。

彼には分かった。

封絶《ふうぜつ》の中で睨《にら》み合っている者たち、
球体の方へと走る者、
先の虹《にじ》の光を放出した者、
それよりもさらに強大な〝紅世の王〟が、あの球体の奥に潜《ひそ》んでいることが。

その体に、不意に力が宿った。

重たげに落としていた肩が盛り上がり、前に傾いていた胸は堂々と張られ、足は地に根を張るように力を得、引きずるように持っていた大太刀《おおだち》をガッチリと握りこむ。

「――我、強者と、仕合う――」

隻眼鬼面《せきがんきめん》の閉じられた牙《きば》だらけの口が開き、浅葱色《あさぎいろ》の炎《ほのお》が一塊《いっかい》、噴《ふ》き出す。

群集の間を、やはり誰にも気付かれず、力に満ちた鎧武者《よろいむしゃ》は進んでいった。

幕間 3

鎧武者《よろいむしゃ》は、求め続ける。

その老齢の刀匠《とうしょう》は、感動に打ち震えていた。

「嗚呼《ああ》、おまえたちのなんたる強さか！　おまえたちのなんたる優美さか！　見つけた、とうとう見つけたぞ、我が使命はこれだ!!」

刀匠は、全《まった》き正気の元、己が定めた使命に全《すべ》てを打ち込むことを決意した。

「打ってやるぞ！　人より強き、おまえたちに見合う武器を!!」

相槌《あいづち》に〝紅世《ぐぜ》の王〟を据《す》えて、彼は己が執念《しゅうねん》と技術の粋《すい》を、鍛鉄《たんてつ》に注ぎ込み始めた。

「我が打ち上げし刀は、人のために在るか？　否！　我が打ち上げし刀は、〝紅世の徒《ともがら》〟のために在るか？　否！」

灼熱《しゃくねつ》の鉄を打ち折り返し芯鉄《しんてつ》をいれ素延べし切っ先を刀身を打ち出し……

「強者《つわもの》だ!!　我が打ち上げし刀は、強者のためにこそ在れ！　其《それ》が、武《ぶ》の器たる『存在』の使命だ!!」

　その作業の内に、彼は宝具《ほうぐ》の製作者の常として、已が〝存在の力〟を繰り始めていた。

「我が魂《たましい》よ、この一鎚《いっつい》に宿りて大太刀《おおだち》へと入魂《にゅうこん》させ給え!!　我が祭神よ、この一鎚に宿りて大願を遂げさせ給え!!」

　そして最後に、彼は鎧《よろい》を身にまとい、已が全ての願いと意思と存在を、宝具に込める。

「我が力の全てを入魂せし大太刀よ、我が意を運び主《あるじ》を求めし甲冑《かっちゅう》よ、汝《なんじ》らに銘《めい》を与う。太陽《たいよう》大神《たいしん》をもその身に供《きょう》せ、『贄殿遮那《にえとののしゃな》』!!　我が全てたる大太刀を守り、相応《ふさわ》しき強者へと伝え給え作金者《かねたくみ》、我らが祭神〝天目一個《てんもくいっこ》〟!!」

　自ら〝ミステス〟へと変じた鎧武者は、大太刀を持つに相応しき主を、求め続ける。

3　〝天目一個《てんもくいっこ》〟

スーパーの駐輪場に、不気味な緑青色《ろくしょういろ》を揺らす封絶《ふうぜつ》の中。

紙の軍勢《ぐんぜい》『レギオン』に囲まれたヴィルヘルミナは、天を焦《こ》がし閃《ひらめ》いた虹《にじ》、その力の爆発を感じた。外を見ることはできなかったが、感じた。

そして、それがどんな意味を持っているのかも、同時に。

彼女の長い人生の中でも最大級の動揺が、その顔に表れた。眉根《まゆね》を寄せ、唇《くちびる》を引き結ぶという、それだけの、しかし最も大きな表情。

「急ぎ、帰還するのであります」

「承知」

彼女は、依然スーパーの看板上にあり、虚《うつ》ろな姿で宙を見上げた〝千征令《せんせいれい》〟オルゴンに、あっさり背を向けた。ものすごい勢いで走り出す。

「なんと……？　私がみすみす逃がすとでも思うてか」

驚くオルゴンの声を無視して、ヴィルヘルミナは自分を取り囲んでいた薄っぺらな軍勢を、無造作《むぞうさ》な一跳《ひとと》びで越えた。兵士たちが立てていた槍《やり》の上を行く、とんでもない跳躍《ちょうやく》。そのまま後ろも振り向かず、また走り出す。

「……騎乗《きじょう》せよ」

命《めい》を受けて、騎士《きし》や兵士の下から、立てた紙のような、同じ画法で描かれた薄っぺらい馬が現れた。ひらひらと、それでも雄々《おお》しく棹立《さおだ》ちになって、紙の馬たちはいななく。その前脚を地に着けるや、騎馬隊《きばたい》となった紙の軍勢《ぐんぜい》は、大地を踏み砕《くだ》くが如き疾駆《しっく》を開始した。自転車や止まった人々を、薄い馬蹄《ばてい》で重く鋭く踏み敷いてゆく。

「点《とも》れ、頂華《ちょうか》よ」

オルゴンの声を受けて、その軍勢の指揮官である騎士『ホグラー』と『ラハイア』の兜《かぶと》の天辺《てっ》《べん》飾り・頂華に、緑青色《ろくしょういろ》の灯《ともしび》が点《とも》った。この二つの灯は、封絶《ふうぜつ》を軍勢とともに移動させるための自在法だった。

オルゴン自身も看板の上から、スウ、と風に舞う紙飛行機のように静かに滑空《かっくう》して、軍勢の最後尾《さいこうび》を低空で付いてゆく。そのついでと、踏み砕いた人々を燃やし、喰らい尽くしてゆく。

逃げるフレイムヘイズの足は少々速いものの、騎馬《きば》の疾駆《しっく》には及ばない。

(逃走の先に『ヘクトル』か『ランスロット』を出しても良いが)

騎馬隊の進撃に付いて悠々《ゆうゆう》と飛ぶオルゴンの前に、

(それでは狩りがつまら)

何者かが脇道からふらりと、誰一人動けるはずのない封絶の中を歩いて、

(ぬから)

ふとオルゴンがいることに気付いた風に振り向き、手にある大太刀《おおだち》一閃《いっせん》、

(な――!?)

飛行していた彼の左肩口からマントの端《はし》まで、斬《き》った。

「っ――っ、う、おぁ!?」

気付いたときには、体が二つに分かれている。

オルゴンは、戦争屋として名高い〝紅世《ぐぜ》の王〟は、飛行の勢いのまま、無様《ぶざま》に地へと転げ落ちた。マントの左肩からの一線を丸ごと失った体で必死にもがき、身を起こそうとする。

その彼の前に、どしゃん、と甲冑《かっちゅう》の重い響きとともに、影が立つ。

「ぎ、う、な、なにが、起き……――!!」

見上げる目もないオルゴンは、僅《わず》かに帽子《ぼうし》から虚《うつ》ろな中身を覗《のぞ》かせ、そして戦慄《せんりつ》した。

間違いようもない。

この世にある〝紅世の徒《ともがら》〟とフレイムヘイズ、誰もが知る史上最悪の〝ミステス〟が、伝え聞いた通りの姿で、彼の前に聳《そび》え立っていた。

「そ……そんな、馬鹿《ばか》、な」

自分に振り向けられた不運、舞い降りた天災を前にした恐怖から、声が震えた。

そしてようやく、その名を口にする。

「……て、〝天目《てんもく》、一個《いっこ》〟……」

鎧《よろい》の握る細身ながら分厚い刀身の大太刀《おおだち》が、神通無比《じんつうむひ》の業物《わざもの》『贄殿遮那《にえとののしゃな》』に違いない。斬《き》られた瞬間の痛みはなく、ただ冷たい刃《やいば》が体を通り過ぎる不気味な感触だけがあった。噂《うわさ》どおりの、恐るべき切れ味。

(い……かん……！)

真っ二つになり、意識も朦朧《もうろう》とするオルゴンの心中《しんちゅう》に危機感が湧《わ》いた。この本体の顕現《けんげん》は彼の本質の全《すべ》てではない、むしろ『レギオン』の方にこそ大部分を回しているが、意識の大本はやはりここにあった。その消滅は死に繋《つな》がる。

しかしもはや、本体の再構成にかける時間は、な——

少女は、全身を襲う痛みと痺《しび》れの中で目を覚ました。

「————あ……」

仰向《あおむ》けの視界いっぱいに広がる『天道宮《てんどうきゅう》』の空が、白骨《はっこつ》・シロの発した虹色《にじいろ》の光と混ざって、異様な景観をなしている。その一角には、『秘匿の聖室《クリュプタ》』の破損による空の亀裂《きれつ》ができていた。

「……う、くっ」

少女は底抜けの虚脱感と総身《そうしん》を走る激痛の中、無理矢理に体を起こす。地を転がったため泥と煤《すす》に汚《よご》れた顔で、辺《あた》りを見渡した。

彼女の世界が全《すべ》て、壊れていた。

常に陽光で輝いていた空は不気味に濁《にご》って澱《よど》み、爽《さわ》やかに頬《ほお》を撫《な》でていた涼風《りょうふう》には不快な臭《にお》いが混ざり（外から流れ込んだスモッグである）、緑の絨毯《じゅうたん》のようだった芝は地面ごとずたずたに引き裂《さ》かれ、
そして、お気に入りの菩提樹《ぼだいじゅ》が根元から粉々に打ち砕《くだ》かれていた。

「……あ、あ……」

ゆっくりと、震える足に力を入れて立ち上がる。虹色の光が発した衝撃波《しょうげきは》で、今にも体がバラバラになりそうだった。それでも、頼りない足をなんとか引きずって、菩提樹の根元へと歩いてゆく。

そこに、白骨があの叫びを上げた姿勢のまま、突っ立っていた。

「シ、ロ……？」

かけられた声にビクリと肩を跳《は》ね上げて、ケチャップ塗《まみ》れとなった白骨は振り向いた。常の、絶対的な強さとともにあった山のような存在感は消し飛び、ただ怯《おび》えだけが、その哀れな姿を形作っていた。

「……私の……せい？　私の、悪戯《いたずら》のせい？」

ぎゅっ、とそのボロの端《はし》を握って、震える。

痛みではない、震え。

取り返しのつかないことをしてしまったという恐れと後悔が、少女の強い心を揺さぶり、小さな体を震わせる。真《ま》っ青《さお》な顔を俯《うつむ》かせて、歯の根の合わない声で言う。

「ご……ごめんな、さい」

未だ半ばの自失《じしつ》にある白骨《はっこつ》は、自分を掴《つか》む少女を見下ろす。その骨だけの両腕が、迷い惑《まど》う心のまま、フラフラと宙を彷徨《さまよ》う。か弱い少女を包み込んでやるべきか、と。

しかし、

「私……見せたかった、だけ……」

少女はか弱くなどなかった。

彼らの育てた少女は、か弱くなど、なかった。

その両腕が、止まった。

「見せたかっただけ、なの……私、ここまで、できるって……」

少女の言葉が、彼を打った。

自失は覚まされた。

彼にとって、まさに誇らしくさえある言葉によって。

骨だけの両腕が、再び動き出す。包み込み守ってやるためではなく、自分の喜びを表すため

に、少女の肩を抱《だ》こうとする、

そのとき、

「そうか、お嬢《じょう》ちゃんのおかげか……事情は知らないが、お礼を言いたいな、くくっ」

鈍く唸《うな》るエンジンの音とともに、声が来た。

「ッ!?」

少女が驚き振り向いた先、未だ異変の余韻《よいん》に煙る『天道宮《てんどうきゅう》』の庭に、場違いなライダーが一人、乗り入れていた。

シールドに二つの目を描き、下辺を牙状《きばじょう》に加工した変形ヘルメットが特徴といえば特徴だが、それ以外はなにがおかしいわけでもない、ただのライダーに見える。

少女が初めて見た、ヴィルヘルミナ以外の、外の世界の、

（人、間……？）

しかし、

（……いや！）

少女は感じた。

（……これは、違う）

そこに在ることのおかしさを。

（そうか、そうだ、これが……）

いつも聞かされていた、世界のバランスの敵、異世界の人喰い、〝存在の力〟の乱獲者、世界に矛盾を撒《ま》き散らして憚《はばか》らぬ者……その名は、

「……〝紅世《ぐぜ》の徒《ともがら》〟……！」

少女の声を受けて、シールドに描かれた目が、細く笑みを作った。

それは、あるはずのない現象。

「そうだよ。初めまして、と言っておくべきかな」

ただ、音がそこに現れたかのような、不思議な響き。

それは、咽喉を通った空気が感じられない声。

「……」

少女の、震えと怯《おび》えが、消えた。

その体の奥底から沸々《ふつふつ》と湧《わ》いてくる力、湧いて燃え上がる力の中で、消えた。

消えたものとは別の少女が、目の前の〝紅世の徒〟に立ち向かう。

「俺《おれ》は、真名《まな》を〝琉眼《りゅうがん》〟、通称をウィネっていう、探し物が趣味の流れ者さ」

すくめる肩、ハンドルを握る手、広げられた長く細い足、全《すべ》てが〝存在の力〟の塊《かたまり》。

なにかを〝存在の力〟で表現し形作った姿だった。

少女は、その感覚と状況から確定する。

これは、フレイムヘイズの敵。

それを、自分の全てで感じる。

そして、その感覚の中で、

(よし)


そう、なにもかもを受け入れた。

体を走る激痛さえ吹き飛ばすような確信と決意が、少女の顔を強く勇《いさ》めてゆく。

「おーお、可愛い顔を顰《しか》めちゃってまあ……別に〝徒〟は初めてじゃないだろ? そいつだって、俺の同胞《どうほう》だ」

ウィネが指したのは、白骨《はっこつ》・シロ。

少女は驚かなかった。他《ほか》に比較する人間がヴィルヘルミナしかいないとはいえ、彼が特異な存在であろうことは容易に想像が付く。

しかし、それでも言う。

「この人は、違う。一緒にしないで」

手を大きく広げて、白骨を背に隠す。ボロボロの体で、まるで守るかのように。

ウィネは興味深げに奇妙な少女を見る。

「へへえ……面白《おもしろ》いことを言うな。ところで、俺は一つ、ずっと探していたものがあるんだよ。

「念のために訊《き》いておきたいんだが……おまえは、なんだ？」

「――――」

おまえ、という他者が自分を指す言葉を、少女は初めて、自分に向けられた。

これまで、『天道宮《てんどうきゅう》』の中、呼びかけられるただ一人として生きてきた。

そして、彼女が何者なのか、そんなことを問う者はいなかった。

そんなことは、最初から決まっていた。

しかし、少女は、言葉に詰まった。

「私は」

言いたかった……が、まだ、そうではなかった。

自分を最も傷つける言葉を、少女は自ら吐《は》かねばならなかった。

間違いなく、自分が戦うべき、敵に。

それが、虹《にじ》の衝撃《しょうげき》よりも遙《はる》かに酷《ひど》く、彼女を傷付けた。

「フレイムヘイズ……になる、者よ」

その声を聞いた敵、〝琉眼《りゅうがん》〟ウィネは、ぐっ、と首を頷《うなず》かせた。まるで歓喜の爆笑をこらえるように。シールドがその勢いで僅《わず》かに上がって、隙間《すきま》から藤色の炎《ほのお》が漏《も》れた。

それも、伝え聞き、学んだ通りの、敵の姿だった。

「……うん、いいな、お嬢《じょう》ちゃん。最高の答えだ。俺《おれ》が一番、聞きたかった答えだ。まだフレイムへイズになっていない者、か」

敵に言われた、そのことがまた少女を傷つける。

「全く、ツイてるぜ。まだ、できていなかったわけだ。ざっと見、他《ほか》には人間もいなさそうだったが……とすると、さっきのは、そのガイコツ君の仕業《しわざ》、か」

少女は、ウィネがシールドの目に力を集中するのを感じていた。自分が隠す白骨《はっこつ》とは比べ物にならないその強さに危機感を抱《いだ》くが、さっきの虹《にじ》の力に頼ることは、全く考えなかった。

数秒経《た》った。

が、〝徒《ともがら》〟はなぜか仕掛けない。

代わりに、言った。

「あん？　なんだ、かかってこないのか？」

（なぜ、こいつはさっさと攻撃してこないの？）

少女は〝徒〟と同じことを考えつつ、しかし後ろに下がろうと、足を地に擦《す》る。

「おおーっと、待ちな、お嬢ちゃん。そいつが邪魔《じゃま》しないってんなら、俺の用事をさっさと終わらせたいんだ。協力してくれよ」

少女は無論、言われても止まらない。白骨が自分から動かないので、小さな背中で、全身を苛《さいな》む激痛を我慢して押さねばならなかった。

眼前で、ウィネがライダーグローブをはめた右の掌《てのひら》を前に差し出している。そこでは〝存在の力〟が、さっきとは違う流れで構築されていた。アラストールの炎《ほのお》の中で数え切れないほど疑似《ぎじ》体験したイメージと、その感触が重なる。

「それが〝存在の力〟を繰る、ってこと……それが人を分解する、やり方……」

この期《ご》に及んで、まるで学んだことを確認するかのように、少女は言う。

「そうやって、私を食べるの？」

「ああ。下品な物言いになるが、お嬢《じょう》ちゃんは美味《うま》そうだな。凄《すご》い奴《やつ》の〝存在の力〟を喰らうのは、いい酒での泥酔《でいすい》に勝《まさ》る……誉《ほ》めてるんだぜ？」

（人を分解して〝存在の力〟に変える……これが、〝徒《ともがら》〟が人を喰らう姿……）

危機感と激痛の中にありながら、少女は自分でも恐ろしいほど冷静に思考を巡らせ、また会話で時間を稼《かせ》ぐ。できるだけ相手が語りたそうなことを選んで。

「なんで、私を？」

「くく、分かってるだろ？　俺《おれ》たち〝紅世《ぐぜ》の徒〟にとって、お嬢ちゃんを入れ物にしようとしているイカレた大魔神《だいまじん》は最悪の敵だ。『炎髪灼眼《えんぱつしゃくがん》』はもっと最悪……」

「それを、自分からわざわざ、危険を冒《おか》してまで潰《つぶ》しに来たの？」

「ああ、お嬢ちゃんを消せば、大手柄《おおてがら》さ……間違いなく、な」

描かれた一つ目が、笑みを作った。

「手柄……？　なにか組織でもあるの？」

ぴくり、と描かれた目が反応した。掌で行われていた力の集中が、僅《わず》かに揺らぐ。

「鋭いね……ああ、そうさ」

ウィネは自分の胸元に手を伸ばした。警戒する少女を無視して、その指先に、紐《ひも》を通した黄金の鍵を掲げる。不吉《ふきつ》な姿をしたライダーの前で、それは鮮やかに照り映《は》える。

「俺は、これをくれた俺の女神《めがみ》のために、俺の女神にもっと近付くために、手柄が欲しいんだ。『炎髪灼眼』再契約の阻止《そし》は、誰も無視できない大手柄さ……」

ちっ、と少女は心中で舌打ちした。

語る内に自分の言葉に激してきたのか、ウィネは再び掌に〝存在の力〟を集中させ始めていた。鍵を胸元に落とすと、少女を喰らうために、再び掌を差し向ける。

崩れ始めた場の流れは、少女をさらに追い詰める。

そのとき、

「――あっ!?」

背後の白骨《はっこつ》が、砕《くだ》けた菩提樹《ぼだいじゅ》の根に踵《かかと》を引っ掛け転ぶ、その拍子《ひょうし》に少女も脛《すね》を後ろから打たれて一緒にひっくり返った。痛みと衝撃《しょうげき》に一瞬、目の前が暗くなり、危うく失神しそうになる。

「つく……!」

必死に取り戻した意識に、ウィネの死刑宣告が届く。

「じゃあな。可愛《かわい》くて話し上手《じょうず》なお嬢ちゃん。今度はもっとマシな境遇に生まれられるよう、祈ってるぜ」

(!!)

そのなんでもない戯言《ざれごと》が突然、少女に力を与えた。

(――っふ、ふふ)

砕《くだ》け歪《ゆが》んだ地面の上、濁《にご》って澱《よど》んだ空の下、仰向《あおむ》けに白骨《はっこつ》の上に転がり、傷だらけになって、存在そのものを異世界の人喰いに奪われようとしている、自分。

(――ふふ、ふふふ)

なのに、なぜか笑みが湧《わ》き上がってくる。

「これ以上、が……」

「――!?」

ウィネは二つの瞳を瞠目《どうもく》させた。

「あるもんか……」

少女が、笑って立ち上がる。

ぐしゃぐしゃの髪を、ボロボロの服を、ずたずたの体を、無理矢理に引きずって立たせているのは、その瞳――強烈な戦意と決意を燃やす、恐るべき力を秘めた、瞳だった。

自分の決めたことだ、選んだのだ、まさに今。

「何度でも、これを選んでやる」

強く、誇り高く、為すべき使命に燃え、戦う者。

〝フレイムヘイズ〟を目指して、少女は立ち上がる。

「私はフレイムヘイズになる。決めた。私は、フレイムヘイズに、なる」

ウィネは、知らず胸を後ろに下げていた。年端《としは》も行かない少女の行動に言葉に存在に、気圧《けお》されていた。放心にも似た虚脱から、数秒して立ち直る。戦慄《せんりつ》が襲ってきた。

（こんな、こんな奴《やつ》が、フレイムヘイズになったら――!!）

与えられた任務を超えた、〝紅世《ぐぜ》の徒《ともがら》〟としての本能的な恐怖が、少女の抹殺《まっさつ》を命じた。

「……そうかい、今回は残念だったな」

もう遊びはない。僅《わず》かな敬意とともに、ウィネは少女の存在へと干渉《かんしょう》の手を伸ばす。

と、その手にクルリと、

「なっ――」

真っ白なリボンに巻きついた。

だけでなく、ピンと張られたそれは、凄《すさ》まじい牽引力《けんいんりょく》を発揮して、バイクごとウィネを投げ飛ばしていた。

「――おおっ!?」

事態を理解できないウィネは庭園の一角、深緑の生垣《いけがき》の中に落下、ひしゃげたバイクが爆発する。

「えっ……？」

驚く少女の前に、幾条《いくじょう》もの白いリボンが雨のように突き立った。

滑《なめ》らかでありながら硬さも感じさせる、その細幅の織布《おりぬの》の雨は、いきなり張力を失ってハラハラと折れてゆく。その中心に、ズドン、と棒立ちの女性が、まくれないようスカートを絞《しぼ》って落ちてきた。

その女性は、エプロンのフリルや結び目にしゅるしゅると戻ってゆく白いリボンの中から、相変わらずの妙な口調で言った。

「ただいま戻ったのであります」

ただ、その声にはいつもの、そこはかとなく漂《ただよ》わせていた呑気《のんき》さはなかった。ただひたすら、強さ厳しさのみがあった。

少女は呆気《あっけ》に取られて、そのリボンの雨の中から現れた顔を見ていた。

彼女の豹変《ひょうへん》振り、現象の異常さ……そして一瞬、見えたような気がした、満面の笑み。

まるで夢のような、優しさと温かさ、そして嬉《うれ》しさからなる、笑み。

長いようで短い沈黙を、ようやく少女は破った。

「……………ヴィル、ヘルミナ……？」

「お話は後であります」

「わ、あ？」

ヴィルヘルミナはボロボロの少女を、荷袋のように肩に抱《かか》え上げた。そして、そのついでの

ように……少女の知る限り初めて、まだ倒れたままの白骨《はっこつ》に声をかけた。

「どうやら、けじめのときであります。誰にとっても」

言われて、白骨が僅《わず》かに首を起こす。

「こ、これはシロのせいじゃ、悪いのは、悪いのは私――痛っ！」

少女は叫ぶ途中《とちゅう》で激痛に襲われ、体を引き攣《つ》らせた。

ヴィルヘルミナは、そんな自分の背中側から悲鳴交じりに上がった声に、涼しい顔で答える。

「彼を責めているのではないのであります。〝徒《ともがら》〟が現れた以上、もう我々にとって、この生活が不要になったということなのであります」

「えっ――？」

（――「我々にとって、この生活が不要になった」――）

少女はいきなり不安に囚《とら》われた。昨日のヴィルヘルミナの声が蘇《よみがえ》る。

（――「まだ、十分に時は残されているのであります」――）

そう言っていたのに？

私は、見限られたの？

もう、これで終わり？

さっきのウィネの言葉など比べ物にならないほどの恐怖が、少女を襲った。フレイムヘイズとなる自分を養育係に否定される、それは自分の全《すべ》てを否定されるのと同じだった。

「――やだっ！」

決意の強さが反転した。

「やだ！　やだやだ!!」

少女はヴィルヘルミナの肩の上で、暴れに暴れた。

「!?」

驚くヴィルヘルミナに構わず、痛みを訴える体にも構わず、全ての力を振り絞《しぼ》って暴れる。

「やだやだやだやだ!!　駄目《だめ》!!　私なる!!　絶対に!!　フレイムヘイズに!!　なるんだから、絶対になるんだから――!!」

無茶苦茶に叫んでいた少女はまた、ひょい、と軽く、ヴィルヘルミナの前に赤ん坊をあやすような形で掲げられた。

養育係たる女性は、幼いときから何度こうしたか分からない動作の中、少女を抱《だ》き締める衝《しょう》動《どう》を必死に抑えて、その顔を確認した。

泣いていない。

い、い、い。

それでこそ。

「誤解であります。全く、分かっていないのであります」

宙から彼女を見つめ返す少女は、必死に溢《あふ》れ出そうとするものを堪《こら》えて、訊《き》く。

「……なに、が……」

ヴィルヘルミナは、とうとう言うことになった、
もう少しだけ未来に言いたかった言葉を、
愛する少女に、万感《ばんかん》の思いとともに、
しかし、ぶっきらぼうに告げた。

「もう大丈夫、ということなのであります。もう、この鍛錬《たんれん》を行う生活は不要となり、フレイムヘイズとして生きる時が来た、ということなのであります」

「――!!」

そして、少女は、ようやく泣いた。

その涙に、藤色の光が一点、混ざる。

それはすぐ大きくなり、少女の顔を照らし出し、爆発した。

少女を腕の中に隠したヴィルヘルミナが再び放ち、二人を円筒状に囲ったリボンの外で。

「野郎《やろう》……ふざけやがって……!」

炎弾《えんだん》を放ったウィネが、燃え盛る生垣《いけがき》の中から、無傷の身を起こしていた。

ヴィルヘルミナはすぐリボンを解いたが、その外側には焦《こ》げ目一つなかった。炎弾を受け止めた焦《こ》げ目は、その手前に差し出された、骨だけの掌《てのひら》に付いていた。

爆発を受けてなお微動だにしない、白い骨だけの掌の表面で。

「シロ!!」

少女の、喜びで潤《うる》んだ叫びに、彼は答えた。

小さく、頷《うなず》いて。

その僅《わず》かな動作には、少女がいつも見ていた、あの強く聳《そび》え立っていた姿と同じ力が、再び満たされていた。

そんな彼に、ヴィルヘルミナが言う。

「今の力で可能な限り、抗戦して時間を稼《かせ》いで欲しいのであります」

白骨《はっこつ》は再び、頷いた。

ヴィルヘルミナはその彼をじっと見て、まるでさらなる返答でも待つかのように一瞬、間を置いた。もちろん、答えなどは来ない。

「ヴィルヘルミナ？」

その様子を不審に思った少女を抱《だ》く腕に力を込め、

「行くのであります！」

言うやヴィルヘルミナは駆《か》け出した。

その胸の内から少女が訊《き》く。

「ど、どうするの!?」

「まずは治療であります」

「逃がすか!!」

二人の姿を認めたウィネが、炎弾《えんだん》を次々に打ち放って追いかけようとする、その前に白い骸《がい》骨《こつ》がぬっと飛び出した。

「うおっ⁉」

無造作《むぞうさ》に掌《てのひら》に受け止められた炎弾の一つが、二人を巻き込んで爆発する。その外、制御《せいぎょ》を失った流れ弾が、庭園と城館の壁に無秩序に撒《ま》き散らされた。

至近《しきん》に爆発を感じて、少女は思わず身を縮こまらせる。

「う、わっ⁉」

「心配無用であります」

爆発の炎《ほのお》と破片飛び散る中、全く速度を落とさず疾走《しっそう》するヴィルヘルミナは、どさくさに紛《まぎ》れて少女を力いっぱい、深い愛情とともに、その胸に抱《だ》きしめていた。

最奥《さいおう》の聖堂で、『天道宮《てんどうきゅう》』に起こっている全《すべ》てを感じていた〝天壌《てんじょう》の劫火《ごうか》〟アラストールは、水盤『カイナ』の上で、静かに待つ。

少女との契約の時を。

いつか来るとは思っていた。あの少女には、その確信を抱《いだ》かせるだけの、人間としての力があった。そう、彼女こそ、ヴィルヘルミナの言った『偉大なる者』であろうことも、信じた。

しかし、まさかそれがこんなに早く訪れることになろうとは思いもしなかった。

まだ、もっと遠い未来の話だとばかり思っていた。あの子は、まだ十二になるならないという若年《じゃくねん》である。無上の適性があるとはいえ、いかにも幼すぎた。修羅《しゅら》の巷《ちまた》に放り込むには、心も体も、成熟しきっていないように思えた。

しかし、事態はもはや、止《と》め得ない勢いをもって彼らを飲み込もうとしている。

少女の悪戯《いたずら》による白骨《はっこつ》・シロの逆上（やはりまだ拘泥《こうでい》していたのか、しつこい奴《やつ》め、とアラストールは敵愾心《てきがいしん》と同情、そして少し意地の悪い親しみと優越感を持った）に合わせるかのように〝紅世《ぐぜ》の徒《ともがら》〟の襲撃があるとは……まるで悪い冗談《じょうだん》のようだった。

運命のあまりな性急さ――とまで考えて、

（いや、違う、か）

最初に契約したときのことを思い返す。

（――「運命ってのは、言い訳の別名よ。自分のせいじゃない、他人をいいようにしたい、そんな自分の都合を隠すために用意した、誰も逆らえないほどに大きな力があるって喧伝《けんでん》した、ただの虚仮威《こけおど》しの名前よ」――）

今もなお凛冽《りんれつ》と響く声が、炎《ほのお》の内に反響した。

（――「これは、この契約は、運命なんかじゃない、私が選択したの。覚えておいてよね。私は、あなたに救われたとは思ってないこと。だから感謝なんかもしてないってこと」――）

なんと理屈っぽくて偉《えら》そうで腐《くさ》った性根《しょうね》をした女だ、と態度に憤《いきどお》ったり契約したことに後悔したり……そんな昔のことを思い出し、静かに炎《ほのお》を揺らして笑う。

（今度はどうも、おまえとは逆の、素直な子であるようだが……容姿も性格も全く似ていないのに、どこか通じているような気がするのは、いったいどういうことなのだろうな……）

炎の魔神《まじん》は、己を再びの戦いへと迎えに来る少女を、静かに待つ。


ヴィルヘルミナが雑多な仕事を行う執務室《しつむ》（彼女の私室でもあったが、その私物はベッド脇のクロゼット一つきりしかない）の一角、医務室として使われる仕切りの中で、少女はいつものように傷の手当てを受けていた。

ボロボロになった服を全部剥《は》ぎ取られ、手荒く全身を拭《ふ》かれた後、ほぼ全身を包帯でグルグル巻きにされてしまった。着衣はショーツだけ、胸も包帯で覆《おお》うという、ほとんど裸《はだか》同然の格好である。

あんまりな処置ではあったが、文句を言える雰囲気ではなかったし、いつにも増して神妙な面持ちの（ように見える）ヴィルヘルミナに、

「これが、恐らくは最後の手当てでありますな」

などと言われてしまっては、おとなしくしているしかなかった。

　それでも、包帯を巻き終わるのを待って、少女は訊《き》いた。訊かずにはいられなかった。

「ヴィルヘルミナは……フレイムヘイズ、なの？」

　包帯を救急箱に収める手を一瞬だけ止めてから、彼女はいつもの如くぶっきらぼうに、フレイムヘイズとしての名乗りを上げる。

「いかにも、その通りであります。〝紅世《ぐぜ》の王〟の一人、〝夢幻《むげん》の冠帯《かんたい》〟ティアマトーのフレイムヘイズ……『万条《ばんじょう》の仕手《して》』ヴィルヘルミナ・カルメルが、その呼び名であります」

「初見披露《しょけんひろう》」

　いきなり初めて聞く女性の声がかけられた。ヴィルヘルミナの十倍は、ぶっきらぼうな口調である。

「？」

　驚く少女に、ヴィルヘルミナは咳払《せきばら》いして紹介する。

「ゴホン、今の声は、我が身の内にある〝紅世の王〟、ティアマトーのものであります。非常に、無愛想《ぶあいそう》な奴《やつ》なのであります」

　今度は口答えさえしない。どういうわけか、ヴィルヘルミナは自分の頭をゴンと叩《たた》いた。

「どうして、隠してたの？」

　複雑な表情で少女は訊いた。もっと本物のことを知っておきたかったという惜しさ、本当のことを言ってくれなかったことへの寂しさ、憧れていたものを前にした緊張などが、その心中《しんちゅう》で渦《うず》巻いていた。

ヴィルヘルミナも一つ、複雑な吐息《といき》をついてから答える。

「先入観を与えないための措置《そち》であります」

「えっ？」

「自分で目指すべき姿を探し、胸の内で磨き上げ、そして決めて欲しかったのであります。私程度を目指されるようではいけない……自身で思い描き、憧れる、偉大なフレイムヘイズになってほしかったのであります」

そこでヴィルヘルミナは言葉を切り、強い言葉で言い直した。

「もっとも、それは杞憂《きゆう》だったようでありますが。私は、あそこまでの言葉を、人間が言えるものとは思っていなかったのであります」

「だって、私はフレイムヘイズとして生きたいんだもの」

「……」

平然と答えた少女に、ヴィルヘルミナは絶句した。

その様子を見て、少女は頬《ほお》を緩《ゆる》めて訊《き》く。

「少しは、嬉《うれ》しい？」

「……これまでで、嬉しくなかったことはないのであります」

こう言っても、少女は決して増長しない。それをお互い分かっている。そう育った少女を、そう育てた自分を、ヴィルヘルミナは本当に誇らしく思っていた。

（問題は、それが表情に出にくいことなのでありま――）

「――っ!?」

思う彼女の胸に、少女が抱《だ》き付いていた。洗剤のいい匂《にお》いがするエプロンドレスの胸に顔を埋《うず》めて、言う。

「分かってる。ヴィルヘルミナは今、自分と私を、誇りに思ってる」

「……正解であります」

律儀《りちぎ》に答える養育係たるフレイムヘイズ、自分の師の一人を、少女は感謝と愛情を込めて抱《だ》き締めた。ヴィルヘルミナも、もうすぐ偉大なるフレイムヘイズとして自分の元から巣立ってしまうだろう少女を、傷に障《さわ》らないよう優しく、その腕の内に包む。

五秒なかったその抱擁《ほうよう》が、ヴィルヘルミナの側から離された。

「？……妙であります」

ピリッ、と戦いの臭《にお》いがした。

少女は表情を引き締め、体を離す。

もう、胸の中で安らいでいた少女はいない。

フレイムヘイズたるべき者が、そこにいた。

ウィネは、状況の変化に付いていけなかった。

(なんだ、なぜ、こんなことに!?)

ごく短時間とはいえ、戦闘は膠着《こうちゃく》状態を保っていた。

戦闘そのものは得意でない自分が、それでも持ち前の力で忌々《いまいま》しい白骨《はっこつ》を撹乱《かくらん》して、その異様に素早い攻撃をかわす。白骨の方はその撹乱を受けながらもすぐさま修正して、何度目かの攻勢に出る。それにまた力を使って撹乱する……繰り返しに苛立《いらだ》つほどでもない、ごく僅《わず》かな攻防のせめぎあいの中、

いきなりそれは来た。

白骨が軽業《かるわざ》師のように連続でバック転してウィネの連発した炎弾《えんだん》をかわしてゆく、その爆炎《ばくえん》の中から、全く無造作《むぞうさ》に、大太刀《おおだち》の斬撃《ざんげき》が横一文字に走った。

白骨は全くそれに気付かず、バック転の途中で腹に斜線を引くように両断された。上半身も下半身も、両断された所から勢いよく別方向に飛んで、ザバン、と傍《かたわ》らの堀に落ちた。

それはただ歩いてきただけ、その途中で邪魔《じゃま》になった白骨を叩《たた》き斬《き》っただけ、そんな、あまりにも簡単で呆気《あっけ》ない仕草《しぐさ》。

現れたそれ、なんということもなく歩いてやってきたそれは、

(……なん、だと……?)

この世との違和感を放つ、隻眼鬼《せきがんき》面《めん》の鎧武者《よろいむしゃ》。

手にあるのは、刀身の異常に長い、抜き身の大太刀。

目の前のこれがなんであるか、ウィネはもちろん知っていた。〝紅世《ぐぜ》〟に関わる者たちの間では、これの存在は常識でさえあった。しかし、自分自身が遭遇《そうぐう》することなど、全く考えたこともなかった。これは、伝説や迷信に類するものだった。

（じ、実在、したのか）

とさえ思った。

〝天目一個《てんもくいっこ》〟。

信じられなかった。

想像していたどんな不利な状況も吹っ飛ばす災厄《さいやく》の襲来に、ウィネは激しく動揺した。

（……そんな、馬鹿《ばか》な、なんで、こんな所に、こんな奴《やつ》が……もう少しで全《すべ》てがうまくいくはずだったのに……いったいなんなんだ、これは……!!）

ウィネは恐れ戦《おのの》きつつ、あとずさる。

その前にある〝天目一個〟は、淡々と歩《ほ》を進める。台風や落雷の意志を慮《おもんぱか》ることが出来ないように、その隻眼鬼面からはなにも感じ取ることができない。ただ、歩を進めてくる。

動く度に甲冑《かっちゅう》が揺れ、逆に右手に握られた大太刀『贄殿遮那《にえとののしゃな》』はぴくりとも動かない。

圧力の塊《かたまり》を前にするように、歩を引かせられる。

（だ、だめだ、こんな奴《やっ》に敵《かな》うわけがない）

検証するまでもない。絶妙な体捌《さば》きと身の軽さで自分を翻弄《ほんろう》していた白骨《はっこつ》が、まるで枯れ枝でも払うかのように、たった一撃で斬《き》り捨てられてしまった。

その強さの理由を、恐ろしさを、他《ほか》の〝徒《ともがら》〟の比ではない鋭敏な知覚を持つ〝琉眼《りゅうがん》〟ウィネは、誰よりも深刻に感じることができた。

通常、〝紅世《ぐぜ》の徒〟もフレイムヘイズも、互いの気配を感じながら戦う。

いかに気配を遮断《しゃだん》する自在法を使ったとしても、至近《しきん》にあれば〝徒〟もフレイムヘイズも一様に、互いのそれを感じ取ることができる。この気配の内に表れる身動きの予兆《よちょう》や〝存在の力〟の集中などを、どれだけ細やかに察知することが出来るか……それが強者《つわもの》の絶対条件だった。

さっきの白骨のように戦闘の流れを把握する達人や、オルゴンのように複雑で大規模な自在法を繰る自在師は、そういう点での並外れた感覚や読みを第一の感覚として持っている。

ところが、〝天目一個《てんもくいっこ》〟には、その気配が全くないのである。

実際に目で見るまで、その存在を全く感知できない……こんな奴に不意討ちを喰らえば、どんな〝徒〟やフレイムヘイズでも、ひとたまりもない。

達人であればあるほど危険度は増す、しかも弱者には手出しの出来ない強さを持つ。

この化け物は、まさに噂《うわさ》どおり、最悪の〝ミステス〟なのだった。

（……ん？）

そしてもう一つ。

炎《ほのお》が全く効いていない。決して弱くはないウィネの炎の中から、平然と歩いて出てきた。鎧《よろい》は破損するどころか、焦《こ》げ目一つ付いていない。

（……待て）

全くもって無茶苦茶な〝ミステス〟だった。ウィネが助かったのは、全くの偶然でしかなかった。白骨と位置が逆だったら、間違いなく自分が斬られ、死んでいた。

（ちょっと、待て）

この理不尽《りふじん》な天災の襲来を前に、狼狽《ろうばい》の極みにあったウィネは、ようやく気付いた。

（オルゴンは、どうした？）

あの高慢《こうまん》ちきな戦争屋が、まだ来ない。来たら来たで厄介《やっかい》であり、自分の大手柄《おおてがら》を横取りされるという恐れもあったが、しかし来ないという事実に、ウィネは怖気《おぞけ》を感じた。

自分が先行して（というよりは彼を放っぽり出して）『天道宮《てんどうきゅう》』に突入したときは、自分が長年追っていたフレイムヘイズと交戦していたはずだった。しかしそのフレイムヘイズは、もう一息というところで邪魔《じゃま》しに戻ってきた。

そう、そのときオルゴンも一緒に突入してこなければおかしかったのだ。

そのおかしさを説明するのは、酷《ひど》く簡単であるように思えた。

（まさか）

気に食わなくはあっても、その戦闘力はベルペオル直属の名に恥じない、強大なものだ。そう簡単に討滅《とうめつ》されるはずがない。

と、言いたかったが、自分の眼前で白骨《はっこつ》があまりに呆気《あっけ》なく切り捨てられる様を見せ付けられた後では、その希望的観測を無邪気に信じることなど、とてもできなかった。

驚き、考え、怯《おび》える間にも、〝天目一個《てんもくいっこ》〟は近付いてきていた。甲冑《かっちゅう》を重く揺すり、大太刀《おおだち》を手に下げて、ゆっくりと。

(俺《おれ》の力は……効くのか……？)

思ったのも一瞬、それを試す気にはなれなかった。もし、相手を刺激したら、さっきの白骨のように、そしてもしかするとオルゴンのように……

(こ、ここまできて……冗談《じょうだん》じゃない！)

自分はこの『天道宮《てんどうきゅう》』に、死にに来たのではない。『炎髪灼眼《えんぱつしやくがん》の討ち手』誕生の阻止《そし》という大手柄《おおてがら》を上げるために来たのだ。戦闘しか頭にないオルゴンではあるまいし、絶対にかなわない敵と真っ向から勝負するようなバカな真似《まね》をする気はなかった。

知らず、胸元の鍵に手をやっていた。

(ベルペオル様、どうかお守りを……!!)

とにかく、あの少女だけは絶対に抹殺《まっさつ》しなければならない……その一念から、ウィネは最悪の化け物を前に置きつつも、その隙《すき》を窺《うかが》い、ゆっくりと歩《ほ》を下げてゆく。

それに構うでもなく、〝天目一個〟は淡々と、歩を進めてゆく。

ヴィルヘルミナは城館二階の窓から僅《わず》かに顔だけを覗《のぞ》かせて、

「……なんと、あれは〝天目一個〟であります」

と言葉ほどには動揺を感じさせない声で言った。

正門側に幾何学模様を広げる整形庭園……その刈り込んだ低木と芝の中央に空けられた道を、日本《にっぽん》の鎧《よろい》を着た鬼面《きめん》の武者《むしゃ》が歩いてくるという、異様な光景。

彼女らは、少女を契約のため奥に走らせる前に、全体の戦況を把握しようとしていた。

「迂闊《うかつ》に仕掛けるのは危険でありますな」

「遅滞防御《ちたいぼうぎょ》」

「了解《りょうかい》」

ティアマトーが短く作戦方針を提示し、ヴィルヘルミナが頷《うなず》く。

少女はそんな二人の、年月の積み重ねを思わせる息の合ったやり取りに、少しだけヴィルヘルミナを取られたような気がしてムッとなり、より大きく、そのフレイムヘイズの姿に、強い羨《うらや》みと憧れを持った。それらの気持ちを恥ずかしく思い、努めて平静な声で訊《き》く。

「〝天目一個〟って、あの……？」

少女も聞かされていた。数え切れないほどのフレイムヘイズや〝徒《ともがら》〟を斬《き》り殺し続けてきたという、伝説の化け物だった。それが、よりにもよってこんな非常事態の中で、彼女たちの元に襲来した。俄《にわか》には信じられない、無茶苦茶な状況だった。

少女も膝立《ひざだ》ちになって、顔を上半分だけ窓から覗《のぞ》かせる。しかしその目には、庭園中央の道をこちらに背を見せてじりじりと下がってくる、あのウィネとかいう〝徒〟の姿だけしか映らない。

「どこ？　見えない」

「どうも、最低限の封絶《ふうぜつ》を自己に施しながら移動しているようでありますな。あの〝徒〟の数歩前を、こちらに向かって歩いてきているのであります」

少女は、必死に目を凝《こ》らして、この世の違和感を感じ取ろうとする。やがて、目だけではない感覚、長年の鍛錬《たんれん》によって習得された感覚が、違和感を感じさせる。

「……変な澱《よど》みみたいなものが見える。あれが？」

ヴィルヘルミナは僅《わず》かに満足げな顔になって頷《うなず》き、すぐ空に目線を転じた。

「はい。どうやら、『虹天剣《こうてんけん》』によって『秘匿の聖室《クリュプタ》』が破られたため、この場所が知られたようでありますな」

コウテンケンとはあの虹《にじ》の爆発のことか、と少女は推測し、そして思い出した。

「あっ！　シロは⁉　いない！」

〝天目一個《てんもくいっこ》〟らしき澱みの前であとずさるウィネ、それと本来戦っていたはずの白骨の姿がどこにも見えない。

しかしヴィルヘルミナは全くどうでもよさそうに答えた。

「大丈夫であります。あの状態でできることをやって、もうできないから止まっているのでありましょう。あれは、自分の誓いに生きているがために、それを果たさない内に死ぬようなことは絶対にしないのであります」

まるで謎《なぞ》かけのように妙な答えだったが、少女はとりあえずその「大丈夫」という言葉を信じた。しかし、だとしても問題は全く解決していない。ゆっくりと確実に、ウィネと〝天目一個〟は城館に近付いてくる。

その〝徒〟の背中を見ていた少女は、ふと疑問を持った。

「あの〝天目一個〟は、フレイムヘイズと〝徒〟を狙《ねら》って殺す特殊な〝ミステス〟だ、ってアラストールから聞いたけど……なぜあの目の前の〝徒〟を一息に殺さないのかしら」

ヴィルヘルミナは少し間《ま》を取って、考えを整理してから答える。

「〝天目一個〟は、〝天壌《てんじょう》の劫火《ごうか》〟を標的に定めているのものと推測されるのであります」

「支持」

とティアマトーも短く同意する。

少女は、ヴィルヘルミナが二人に増えたような気がして、今度はさっきとは逆に、なんだか言いつつ見れば、たしかに〝天目一個《てんもくいっこ》〟らしき澱《よど》みは、彼を一方的に恐れて下がるウィネなど眼中にないかのように、一定のペースで城館に向かって進んでいる。

「はい、恐らくは。気配だけでは〝天壌の劫火《てんじょうのごうか》〟が『カイナ』の力でこの世に留《とど》まっていることは分からないのであります」

「より強い〝徒《ともがら》〟であるアラストールと、戦いたがっているのね」

「はい。当面は〝徒〟ともども、私がその進撃を阻止《そし》するのであります」

少女は、ヴィルヘルミナの言葉の意味を即座に理解した。

「その間に、私がアラストールと契約するのね」

「はい。契約は、双方の同意さえあれば、ほとんど一瞬の内に終わるはずであります。以降は〝天壌の劫火〟の指示に従い、一旦撤退《いったんてったい》するか、協力して撃退するか……フレイムヘイズとしての使命を果たすことになるのであります」

ヴィルヘルミナは、もう少女がフレイムヘイズとなることを前提に話を進めていた。

少女もそれに、覚悟《かくご》を持って力強く頷《うなず》く。

「うん」

「しかし問題は、その辿《たど》り着くまでの時間を、私だけで稼《かせ》げるかどうか、というところにあるのであります。戦力的に見ると、あの〝徒〟だけなら討滅《とうめつ》は十分可能でありますが、そこに〝天目一個〟が加わるとなると、形勢は一気に不利へと傾くのであります。しかも、外にもう一人、強力な〝王〟の存在も確認しており、その来援も遠からずあるものと……状況的にも、長く支えるのは難しいのであります」

ヴィルヘルミナは虚勢《きょせい》を張らず、精神論での保証もしなかった。そこにある事実を率直に認める。そうしないと、対処の策が根本から間違ったものになるからである。

こんな近くに自分の求めるフレイムヘイズの姿があったことに少女は驚き、嬉《うれ》しくなった。たしかに、その言うように彼女がフレイムヘイズであることを知る時期が早過ぎれば、彼女そのものを見習っていたかもしれなかった。

そんな嬉しさの中、ピン、と閃《ひらめ》いた。

「あの〝徒〟だけなら、楽勝？」

「？……はい、気配の規模から推測するに、高確率で勝利できるはずであります」

「支持」

二人の返事を待って、次の疑問をぶつける。

「〝天目一個〟には、自我はあるの？」

「……はい。大雑把《おおざつぱ》ながら、明確な意識が存在しているようであります」

「事実確認済」

うん、と頷《うなず》いて、もう一度訊《き》く。

「話はできるのよね？」

「はい」

「事実確認済」

二人は少女の質問に、期待を持って答えた。

少女はさらに訊《き》く。

「あいつの目的は、より強い〝紅世《ぐぜ》の徒《ともがら》〟かフレイムヘイズと戦うことにあるのよね？」

「はい」

「事実確認済」

少女は顔を伏せて考え、そして一瞬で顔を上げ、言った。

「あいつはヴィルヘルミナと戦わせない。私をアラストールの所まで連れて行ってもらう」

「!?」

「!?」

フレイムヘイズ『万条《ばんじょう》の仕手《して》』は、驚きに目を見張った。

ウィネは、背後にガラスの破裂《はれつ》する音を感じた。

「なにっ⁉」

求めていた獲物《えもの》である少女が、自分からこっちに向かって跳《と》んできていた。さっきのフレイムヘイズに抱《だ》かれながら、少女は叫んだ。

「〝天目一個《てんもくいっこ》〟‼」

少女はなんとか顔を顰《しか》めずに済んだ。息をするだけで鎖骨《さこつ》と肋骨《ろっこつ》が悲鳴を上げるが、今はそんなことに構っているときではない。

「なんのつも――うおっ⁉」

それを迎え撃とうとしたウィネは、自分に向かって降り注いでくる、数十もの白いリボンの雨を危うくかわす。距離を取ったその隙《すき》に、少女はフレイムヘイズの手から飛び出し、〝天目一個〟の前に立ちはだかっていた。

(馬鹿《ばか》め、自ら斬《き》られるつもり――っは⁉)

ウィネの嘲笑《ちょうしょう》が、中途《ちゅうと》で凍《こお》る。

(あの娘《むすめ》、、分かっていやがる！)

少女は、自分の目の前で澱《よど》む違和感に向かって言う。

「お前の求めるものは、なんだ！」

少女に名を呼ばれ、また問われた〝天目一個〟は、足を止めた。

ウィネの推測どおり、〝天目一個〟は〝徒〟を前にしたときのように、少女を無造作《むぞうさ》に斬《き》り捨てたりはしない。

〝天目一個〟は人間を斬らないのである。

やがて澱《よど》みの中から、恐ろしげな隻眼《せきがん》の鬼面《きめん》が浮かび上がってきた。その部分だけ封絶《ふうぜつ》を解いたのである。鬼面の奥から、低い唸《うな》りのような声が漏《も》れる。

「――強者《つわもの》――なり――我、強者と、仕合《しあ》う――」

「おまえの向かう先に、強者はまだいない！」

今度は答えを返さず、代わりに少女の眼前まで鬼面を近付け、首を傾《かし》げた。

怯《ひる》むことなく、少女は堂々と包帯だらけになった体を立たせて告げる。

「お前が今、気配を感じている〝天壌《てんじょう》の劫火《ごうか》〟アラストールは、この世にまだ顕現《けんげん》しておらず、また戦う器たるフレイムヘイズを得てもいない！」

（ま、まさか！）

ウィネは少女の意図するところに気付き、シールドに一つ目をいっぱいに見開いて驚愕《きょうがく》した。

慌《あわ》ててその〝存在の力〟を喰らおうとする――が、その干渉《かんしょう》には効果がない、どころか弾《はじ》かれた。

「な⁉」

「無駄《むだ》であります。この包帯には、私の防御陣《ぼうぎょじん》の自在法が施されているのであります」

少女の背後に立つヴィルヘルミナが、静かに答えた。

その間に、少女は鼻先で牙《きば》の隙間《すきま》から炎《ほのお》を上げる伝説の化け物に道行きを誘った。

「おまえが強大なフレイムヘイズとの勝負を求めるのなら、私をそこへ導け！　そうすれば、お前の望むままの勝負を、私がしてやる！『炎髪灼眼《えんぱつしやくがん》の討ち手』が!!」

「――『炎髪灼眼の、討ち手』――」

理屈ではなく、その言葉に込められた巨大な確信に〝天目一個《てんもくいっこ》〟は反応した。傾《かし》げていた首を元に戻し、

「うわっ!?」

少女を引っ掴《つか》んで肩車にした。

「――汝《なんじ》――強者《つわもの》たり得る者――なり――我、強者と、仕合《しあ》う――」

〝天目一個〟が鬼面《きめん》の奥から低く唸《うな》り、

「っよし！」

少女が高く得た視界の中で快哉《かいさい》を叫び、

（お見事）

ヴィルヘルミナがその豪胆《ごうたん》さに感嘆し、

（斬《き》られないと分かっているとはいえ、あの〝天目一個〟を相手に……なんて奴《やつ》だ!!）

ウィネが、思わぬ事態の成り行きに焦《あせ》る、
その彼女らの頭上、『天道宮《てんどうきゆう》』の空の一角から不意に、怖気《おぞけ》を誘う唸りを上げて、なにか無

数、豪雨のように飛来してくる。

それは、思いもよらぬもの。

長弓による火矢の一斉射撃《いっせいしゃげき》だった。

火矢に点《とも》された炎《ほのお》は、不気味な緑青色《ろくしょういろ》。

「むむっ！」

ヴィルヘルミナがリボンで空中に高速の渦《うず》巻きを作り、自分と少女、ついでに〝天目一個〟をも、その襲来から守った。長い矢は次々とリボンに打たれては落ち、あるいは爆発して緑青色の猛火《もうか》を上げる。

周囲の地面にも突き立ったそれらは次々に爆発して、庭園をただの荒地へと変えてゆく。

（あ、あいつ、生きていやがったのか——!?）

ウィネも、自分にも容赦《ようしゃ》なく降りかかってくるそれを、頭上に炎弾《えんだん》を爆発させることで、ようやく逸《そ》らした。

「来援？」

少女が〝天目一個〟の肩の上で唸り、

「予定より、少々早かったようでありますな」

ヴィルヘルミナが冷静に答えた。

言う間《ま》にも、彼女らをウィネごと取り巻いて燃える緑青色の炎の中から、まるで幽霊《ゆうれい》の現れるように、薄っぺらな軍勢《ぐんぜい》が一斉に立ち上がりつつあった。

この異様な情景越しに、少女が目を『天道宮《てんどうきゆう》』の入り口である中世風の城門に転じると、そこには城門の様式に全く相応《ふさわ》しい軍勢が群がり立ち、攻め上ってきているのが見えた。

城門の中央に、不吉の色合いを湛《たた》えた不気味な帽子《ぼうし》とマントが浮かんでいる。

体を斜線で三分の二に減じた〝紅世《ぐぜ》の王〟。

怒れる〝千征令《せんせいれい》〟オルゴンだった。

「早く契約を!!」

ヴィルヘルミナが叫んだ。

少女は頷《うなず》いて、肩車されつつもよく見えない〝天目一個《てんもくいっこ》〟に、手探りで捕まった(それは実は三日月の前立てだったので、少し手が痛かった)。危機感とともに真下に向かって言う。

「さあ、走って! 速ければ速いほど、求める勝負は近付くわよ!!」

「──我、勝負、求む──」

低い唸《うな》りとともに再び〝天目一個〟が動き出した。

少女のその安堵《あんど》は、しかし次の瞬間、

「だめえっ!!」

絶叫になった。

〝天目一個〟は、進行方向に立っていたヴィルヘルミナに向かって、全く当たり前のように大《おお》太刀《だち》を振り下ろしていた。少女は、頬《ほお》のすぐ脇を通り抜ける斬撃《ざんげき》の気配を感じて、反射的に摑《つか》んだ前立てをひねった。

「っ!?」

驚いたヴィルヘルミナが、咄嗟《とっさ》に防御《ぼうぎょ》のために編んだリボンの壁を、大太刀『贄殿遮那《にえとののしやな》』は濡《ぬ》れた薄紙でも破るかのように容易《たやす》く斬《き》り裂《さ》いていた。その切っ先は、リボンの壁越しに、彼女のスカートの端《はし》を一線、削《けず》っている。少女が反応してくれなければ、不意の斬撃で即死していたかもしれなかった。

「この人じゃないの！　ヴィルヘルミナ、前からどいて！」

指示に従い、ヴィルヘルミナは慌《あわ》てて跳《と》び退《すさ》った。

その脇を抜けて、

「行くわ!!」

叫ぶ少女を乗せた〝天目一個〞は今度こそ、アラストールの待つ『天道宮』最奥部《さいおうぶ》に向かって、巨体を揺るがす疾走を開始した。

と、〝天目一個〞の眼前に、紙の騎士《きし》が一人、立ちはだかった。

多くの〝存在の力〞を込められたオルゴンの誇る『四枚の手札』の一枚『ランスロット』である。その古い西洋の木版画のような立ち姿が、紙の剣を鋭く翻《ひるがえ》して切りかかる。

が、一刀、

〝天目一個〟は、その剣ごと、周囲の兵士を数人巻き込んで、手にした大太刀《おおだち》『贄殿遮那《にえとののしゃな》』でこれを上下真っ二つに斬り裂《さ》いていた。自身の進む道を、文字通りに斬り拓《ひら》いてゆく。さらに、その向こうに充満する紙の軍勢《ぐんぜい》を一気に突き破らんと驀進《ばくしん》してゆく。

肩車された少女は、振り返らなかった。

実際その余裕《よゆう》もないだろう、と一人残されたヴィルヘルミナは思う。

（そう、今度会うときは……）

思う間《ま》に、頭上から再び矢の雨が降ってきていた。それを回避しようと、彼女はまたリボンを幾条《いくじょう》も大きく伸ばし、操作する。

その彼女に向けて、

（ッ、今だ!!）

ウィネはシールドに一つ目をいっぱいに開き、自分の力をヴィルヘルミナに向けて放射した。

ドド、と、

「!?」

あまりに呆気《あっけ》なく、ヴィルヘルミナの肩と腰に、火矢が突き立ち、爆発した。全く見当違いな方向に向けて伸ばされた白いリボンが、緑青色《ろくしょういろ》の爆発の中で吹き飛ぶ。

「視界攪乱《かくらん》！　右九十度修正！」

その炎《ほのお》の中から、術の正体を看破《かんぱ》したティアマトーが叫んだ。

半身に大火傷《やけど》を負い、仰《の》け反《ぞ》って倒れたヴィルヘルミナは再びリボンを伸ばすと、首を真横に倒して、正面から迫る残り全《すべ》ての矢を打ち落とした。周囲で巻き起こった爆発の中、負傷した彼女は熱風と土煙で叩《たた》かれる。

（油断、していたわけではないでありますが……不覚《ふかく》）

敵の視界を任意の方向に変えてしまう。これが〝琉眼《りゅうがん》〟ウィネの持つ撹乱《かくらん》の力なのだった。

それだけでは自分を助けることさえ難しいこの力は、しかし使い所を心得ていれば、今のように不意を討つのには十分役に立った。周囲から群がりたって襲ってくる軍勢――正確にはオルゴン――と共闘すれば、あるいはヴィルヘルミナを相当に追い込むことも可能だったに違いない。

が、オルゴンはもはや常の精神状態にはなく、ウィネももちろん、そんな無駄なことをしようとは思わなかった。〝琉眼〟ウィネという〝紅世の徒《ぐぜのともがら》〟はオルゴンの来襲を、

（このフレイムヘイズを足止めする駒《こま》が来た！　俺《おれ》はついている!!）

としか捉えていなかった。

駆《か》け去った自分の標的を、女神《めがみ》に近付くための大手柄《おおてがら》を追って、彼も走り出した。見境《みさかい》なく自分にも襲いかかってくる紙の軍勢の中を、〝天目一個〟が突破した隙《すき》を突いて追いかけ、近寄る者には、撹乱の力を放射して同士討ちを誘った。

「はっ、紙の玩具《おもちゃ》はその女とでも遊んでいろ!!」

捨て台詞《ぜりふ》と、置き土産《みやげ》に放った炎弾《えんだん》を残して、ウィネも城館へと走ってゆく。

そして、軍勢《ぐんぜい》の包囲下に一人取り残され、無数の矢で出来た林の中に仰向《あおむ》けに倒れていたヴィルヘルミナは、第三波の来ない内にと、全くいつもどおりの、からくり人形のような動作で立ち上がった。エプロンドレスはすでにボロ切れ同然になっているが、しかしなぜか、頭頂のヘッドドレスだけは純白を保って頭に据《す》えられていた。

自分も後を追うべきか、一瞬だけ秤《はかり》にかけるが、すぐに断念する。

ウィネを追えば、オルゴンをも中に入れてしまうことになる。こんな軍勢を中に引き入れて混戦になってしまったら、契約どころではない。ウィネへの対応は、少女に任せるしかない。その程度の運を当てにできないようでは、しょせんフレイムヘイズとしては不適格だった。そしてもちろん、少女はそうではない。

自分はここでオルゴンを食い止める、そう決めた。

「……ふむ」

数秒、負傷箇所を手で押さえて大事無いことを確認すると、ウィネによる撹乱《かくらん》の自在法を、首を振ることで打ち破る。そしてその目に、城門の方からゆるりと近付いてくる軍勢、その中央に浮かぶ〝紅世《ぐぜ》の王〟を捉《とら》えた。

呪《のろ》いの言葉のように陰鬱《いんうつ》な声が、その帽子《ぼうし》とマントだけの姿から漏《も》れ出てくる。

「……殺す。全《すべ》て殺す。私を侮辱《ぶじょく》する者、全て殺す……皆殺しだ……!」

不気味な緑青色《ろくしょういろ》に揺らめく紙の軍勢『レギオン』を引き連れて、怒《いか》れる〝千征令《せんせいれい》〟オルゴンが、『万条《ばんじょう》の仕手《して》』ヴィルヘルミナに迫る。

幕間　4

水底《みなぞこ》で白骨《はっこつ》は待っている。


力渦巻《うず》く戦野で、黒衣《こくい》をはためかす女は、ゆっくりと言った。

「わ、私の勝ち、ね……　〝甲鉄竜《こうてつりゅう》〟ともども、好き勝手やってくれちゃって……！」

火の粉《こ》と散り行く屍《しかばね》を踏んで、紅蓮《ぐれん》の大剣と盾《たて》を手にする女は、首を振った。

「あー、もう、男のヒステリーはみっともないわよ。そんなに叫ばないで。手足斬《き》り飛ばされて、よくそんなに大声出す元気があるわね……」

軋《きし》む大地に立ち、紅蓮の軍勢《ぐんぜい》を引き連れた女は、肩をすくめる。

「愛さえあれば？　あなたらしい言い草だけど、とんでもない了見違《りょうけんちが》いよ。私を進めているのは、私の意志よ。その先にあるものだって分かってるし、そうするしかないアラストールのことも分かっている。でも、だから、私はそれを選択する。あなたの愛では、私を止められない。つまり今、私は、あなたを、とうとう、ふっちゃった――ってわけ」

迫る破滅を前に、炎髪《えんぱつ》をなびかせる女は、笑った。

「さて、あなたの出した条件だったわね……勝った方が相手を好きにする……ったく、女に出す条件じゃないわよね。知ってるでしょうけど、私はそういう奴《やつ》には惨《ひど》いわよ？」

踏み出しつつ、灼眼《しやくがん》を煌《きらめ》かせる女は、より強く笑った。

「約束は三つ。もう人を喰わないで。もう世を騒がすことはしないで。私の後に現れる『炎髪《えんぱつ》灼眼の討ち手』を、私の愛のために可能な限り鍛《きた》えて。約束破ったら酷《ひど》いわよ？」

そして、その女『炎髪灼眼の討ち手』は。

「もう、本当、最後まで黙らない人ねえ、ヒス持ち血塗《ちまみ》れのハンサムさん。最後の勝負、キツかったけど、楽しかったわ……いやよ、待たない。さよなら、なの。〝虹《にじ》の翼〟メリヒム、さよなら——」


水底で、白骨は目覚めの時を待っている。

4
『炎髪灼眼《えんぱつしゃくがん》の討ち手』

世に名だたる〝紅世《ぐぜ》の王〟、〝千征令《せんせいれい》〟オルゴンは怒り狂っていた。

彼に屈辱《くつじょく》を与えたのは、あの化け物トーチ、史上最悪の〝ミステス〟、紅世に仇《あだ》なす伝説の存在……〝天目一個《てんもくいっこ》〟。

敵とするにはいかにも苦しい、ない骨さえ折れそうな相手であることは分かっている。が、例え相手がなんであろうと、あのように不埒《ふらち》な行為を許しておけるほどに、彼のプライドは安くはなかった。

神速《しんそく》一刀の元に斬《き》られ、地に転がって意識も朦朧《もうろう》としていた彼を……こともあろうに、〝千征令〟オルゴンを、あの〝ミステス〟は、
跨《また》いで通ったのだ。

（――「…………っな？」――）

一瞬事態を理解、というより了解《りょうかい》できず、オルゴンは呆然《ぼうぜん》となった。

跨いだ方は、そのまま何事もなかったかのように、立ち去って行った。別の目標に向かって

いる途中で『レギオン』とオルゴンに行き逢《あ》っただけ、進もうとした場所にオルゴンが飛び込んできただけ、だから斬《き》っただけ、そんな反応だった。

〝天目一個《てんもくいっこ》〟は、自分を相手になどしていない。

それを理解して、オルゴンは壮絶《そうぜつ》な怒りに襲われた。

そして、おかしなことに気付いた。

あの捜索猟兵《イェーガー》が、一向に助けに来ない。いったいなにが起こっているのか、もしや奴《やつ》も斬られたか、と周囲を探る内に、とんでもないことに気付いた。

至近《しきん》に、あの『天道宮《てんどうきゅう》』が浮かんでいたのだ。

瞬間、全《すべ》てが彼の内で繋《つな》がった。

ウィネのごとき雑輩《ぞうはい》が、自分をフレイムヘイズへの囮《おとり》、足止めとして使ったということを。

その隙《すき》に『天道宮』に突入し、手柄《てがら》を好き放題に上げているであろうことを。

(――「どいつも、こいつも、どいつも、こいつも」――)

この〝千征令《せんせいれい》〟を、跨《また》いで通った〝天目一個〟、利用した〝琉眼《りゅうがん》〟ウィネ、まんまと逃げたフレイムヘイズ、事態の外に置いて浮かぶ『天道宮』、全てが彼に屈辱を与えた。再構成中だった彼の体が、それらに向かって漂《ただよ》い出した。

(――「全て、踏み、潰《つぶ》す!! 皆、殺し、だ!!」――)

陰鬱《いんうつ》さの中に生まれたおどろおどろしい叫びに応《こた》えて、彼を囲んでいた紙の軍勢《ぐんぜい》が、一斉《いっせい》に剣で槍《やり》で天を突き上げ、轟々《ごうごう》と雄叫《おたけ》びを上げた。

　そうして今、
　まさに城攻めを行うように、彼の『レギオン』は『天道宮』を蹂躙《じゅうりん》しようとしている。もはや“徒《ともがら》”もフレイムヘイズもなかった。ウィネのように手柄のことも考えない。彼が逃げたことさえ気にかけない。ここにいる者、ここにある物、全て殺す、全て砕《くだ》く、それだけしか頭になかった。

（……まずは、このフレイムヘイズから、だ……!!）

　この凄絶《せいぜつ》な怒りに燃える軍勢に対しているのは、ただ一人。

　緑青《ろくしょう》の光沢《こうたく》と爆発の残り火の中に立つ、『万条《ばんじょう》の仕手《して》』ヴィルヘルミナ・カルメルである。

　周囲で、これまで手塩《てしお》にかけて育て、また一昨日きっちりと刈《か》り込んだばかりだった庭園が無残に踏みにじられ焼かれている様子にも、眉《まゆ》一つ動かさない。もちろん彼女の場合、表情と内心は必ずしも一致しない。ただ一言、なにかを確認するように声を漏《も》らす。

「……ふむ」

　今、自分が少女のためにしてやれること。

　それは、彼女の勝負を、この最大の邪魔者から守ること。自分が十余年育ててきた『人間の少女』を手助けできる、これが恐らくは最後の、そして最大の機会。

　ヴィルヘルミナにとっては、自分たちの楽園を荒らされた怒りよりも、その行為への喜びの方がはるかに大きかった。この楽園は、まさに自分たちと少女の望むフレイムヘイズを生み出すためにこそ、あったのだから。ここから巣立つ少女に贈るべきは、名残《なごり》を惜しむ花畑ではなく、戦って切り開いた、これから進む未来であるはずだった。

「フレイムヘイズとは、なんとも業《ごう》深いものでありますな。両者、どこまでも果てしのない戦いを望み、両者、その望みへと旅立つことに喜びを覚えるとは……」

その、自嘲《じちょう》を混ぜた慨嘆《がいたん》に、彼女の内にある〝夢幻《むげん》の冠帯《かんたい》〟ティアマトーが短く答える。

「自由」

「自らを由《よし》とす、でありますか」

ヴィルヘルミナの口の端《は》に、今度は微笑が。自分を取り囲む緑青《ろくしょう》の軍勢《ぐんぜい》を眺めやりつつ、おもむろにその手を、着衣の中で唯一無傷なヘッドドレスに添え、

「今や、遠慮容赦《えんりょようしゃ》一切無用……神器〝ペルソナ〟を」

合図するかのように、真下に払う。

「承知」

ティアマトーの声とともに、ヘッドドレスが無数の糸となって解けた。その糸は、眩《まばゆ》いばかりの白に桜色の火の粉《こ》を混ぜて膨《ふく》れあがり、新たな姿へと編み直される。

白く尖《とが》った、狐《きつね》にも似た仮面へと。

さらに、細い目線だけを開けて顔を覆《おお》った仮面は、縁《ふち》から同じく白いリボンを無数、噴《ふ》き出

した。桜色の火の粉が飾る中、リボンは髪を伸ばすように背後へと膨れ上がってゆく。

瞬く間《またたくま》に、ヴィルヘルミナの体は仮面から伸びたリボンの鬣《たてがみ》に包まれ、宙に浮かぶ形となる。

緩《ゆる》やかに靡《なび》く純白のリボンの隙間《すきま》からは桜色の火の粉が舞い散り、周囲を淡く飾っている。

まるで、悪夢では決してない、夢の住人……この可憐不思議な姿こそ、〝夢幻の冠帯〟ティアマトーのフレイムヘイズ、『万条の仕手《ばんじょうのして》』ヴィルヘルミナ・カルメルの戦 装 束《いくさしょうぞく》だった。

「不備なし」

「完了」

短いやり取りで、二人が変化の終了を確認する。

仮面型の神器〝ペルソナ〟越しの目線が、包囲を縮める緑青の軍勢を、その中に浮かぶ〝千《せん》征令《せいれい》〟オルゴンの姿を捉《とら》える。

オルゴンは、立ち現れたフレイムヘイズを見て、帽子《ぼうし》を僅《わず》かに伏せた。

「……………貴様………『万条の仕手』、だと？」

進軍の先頭、ヴィルヘルミナを囲むように、三人の騎士《きし》が立った。規則正しく着実に、同距離を紙の足が詰めてゆく。

「先刻言われた、見ない顔というのは、当たり前であります」

「全面着装」

声とともに漏《も》れる吐息《といき》に乗って、仮面の端《はし》から桜色の火の粉がハラハラと舞う。

「実は、お前とは一度、やり合いたかったのであります。その噂《うわさ》を、各地の外界宿《アウトロー》で聞き知ってから、ずっと」

ヴィルヘルミナは、彼女らしくない乱暴な物言いをする。

「……生きて、いたのか……そうか、あの後、〝天壌《てんじょう》の劫火《ごうか》〟と、ここに……」

やはり進軍の速度は緩《ゆる》まない。規則正しく着実に、距離が詰められる。

「気に喰わないのであります、その力……」

声が、僅《わず》かに低くなる。

少女が聞けば震え上がったかもしれない、その声に篭《こも》った感情は、怒り。

「私の数少ない友人の、美しくも激しき闘争心が証《あかし》、『騎士団《ナイツ》』の薄っぺらな猿真似《さるまね》……はっきり言って、目障《めざわ》りであります」

契約者と心を一《いつ》にするティアマトーの声が、告げる。

「開戦」

鬣《たてがみ》の中に浮かぶボロボロの体が、舞踊の前触れのようにふわりと手足を広げる。

その彼女に向けて、騎士《きし》の剣が、軍勢《ぐんぜい》の槍《やり》が、全方位から殺到した。

少女と別れる前、ヴィルヘルミナは危惧《きぐ》の色を僅かに覗《のぞ》かせた。

「人間に危害を加えない〝天目一個《てんもくいっこ》〟と共に行く……なるほど、辿《たど》り着く時点までなら、確かに名案と言えるのであります。しかし、それでは〝天壌の劫火〟との契約後に、いきなりあの化け物と戦うことになってしまうのであります」

「危険」

ティアマトーまで、短く付け加えた。

この二人、当然の懸《け》念《ねん》に、しかし少女は強く、気負うでもなく、全く簡単に宣言した。

「どうせ手加減して生きてはいかない。初手《しょて》からの全力勝負も望むところよ」

「――!!」

「……!!」

二人は揃って絶句した。圧倒された、と言ってもよい。

少女はそれには気付かず、ただ実践的な話をする。

「それより、アラストールにいろんな力の繰り方は教わったけど、『炎髪灼眼の討ち手《えんぱつしゃくがんのうちて》』の戦い方については、全然教えてもらってない。私はどうやって、どんな力で戦えばいいの？　知ってるんでしょう？」

ヴィルヘルミナは少し表情を硬くして黙り、やがて首を振った。

「……やはり、先入観は与えるべきではないと判断するものであります。基本的にフレイムヘイズの力は、契約者が持つ強さのイメージと〝紅世《ぐぜ》の王〟の力の融合によって顕現《けんげん》するものであります」

答えになっていない答えに、少女は首を捻《ひね》った。

「それって、好きなやり方で戦えってこと？　一番肝心《かんじん》なことなのに」

「言説不要」

とティアマトー。言葉よりも実感の方が大事、とでも言いたいのか。

少々不満げな少女を、ヴィルヘルミナは促《うなが》して立たせた。

少女は全身を衝撃波《しょうげきは》でボロボロにされているだろうに、痛みの呻《うめ》き一つ上げない。十二歳《さい》になるならないという幼さで、そうするように、そうなるように育てた。

「……」

理想的な、それゆえに抱《いだ》いた喪失《そうしつ》への不安から、ヴィルヘルミナは口を開いていた。

「……どうか」

「え？」

「どうか、契約の際、胸の中に隠しているものを〝天壌《てんじょう》の劫火《ごうか》〟に見せてあげてほしいのであります」

少女は驚きに目を見張った。内心の戸惑《とまど》いを気取られていたこと、自分の迷いを見透《みす》かされていたことへの恥ずかしさから、顔がこれ以上ないほど赤く染まる。

「彼は、誰よりもこうしてしまったことを思い悩んでいるのであります。それに我々には、その隠されたものを知ってから、伝えようとしていたことが、ある、のであります……」

ヴィルヘルミナは言いつつ、自分のずるさに自己嫌悪していた。

アラストールに負けず劣らず、彼女も少女に見せて欲しかった。聞かせて欲しかった。使命を受け入れて、自分たちと『本当のこと』を言い合えるようになって欲しかった。

それは当然、少女が自分の意志で、言うべきときに決めるもの。なのに、こんな切羽《せっぱ》詰まった状況を利用して、少女に答えを、まるで甘えるように求めている……卑怯《ひきょう》、身勝手もいいところだった。

少女は、ヴィルヘルミナが無表情の奥に過《よ》ぎらせた、この深い懊悩《おうのう》を見て取り、しかしにっこりと笑った。先の宣言と同じ強さを表した、その笑顔で言う。

「今日、答えは出たの。大丈夫、どんなものでも、受け入れる」

「……」

「私の隠し事は、ヴィルヘルミナにも、後でちゃんと話す。けど、最初に私が言ってあげなきゃいけないのは、最初に私に隠し事を伝えなきゃいけないのは……アラストールだと思う」

「……はい」

ヴィルヘルミナは答える自分の奥に、ゆっくり静かに湧《わ》き上がってくる歓喜を感じていた。

少女の言葉は、答えを貰《もら》ったも同然のものだった。

少女は、自分たちを分かってくれる。

それが伝わった。

それだけで十分だった。

「じゃあ、行こ」

軽く言う少女、フレイムヘイズ『炎髪灼眼の討ち手《えんぱつしゃくがんのうちて》』となるに相応《ふさわ》しい、まさに〝在るべくして在る者〟である少女に、ヴィルヘルミナは一言だけを贈った。

「煌《きらめ》く紅蓮《ぐれん》の『炎髪灼眼』は……きっと似合い、映えると思うのであります」

もう一度、今度は無邪気《むじゃき》に嬉《うれ》しそうに、少女は笑った。

そんなやり取りを後に、しかし前だけを向いて、
少女は今、〝天目一個《てんもくいっこ》〟と行く。

彼女にはよく見えないが、鎧武者《よろいむしゃ》の姿をしているらしい〝天目一個〟の足は意外に速く、二人(?)はすぐ城館奥の大扉を抜け、柱列両側に立ち並ぶ伽藍《がらん》へと出た。

少女は〝天目一個〟疾走《しっそう》の振動が与える激痛の中、天井《てんじょう》を見上げた。見慣れた闘争のパノラマが迫り、また遠のく。それに連れて失神しそうになる意識を繋《つな》ぎ止めるため、少女は今の自分を必死に見つめる。

自分が死にかけの重症を負っている。

シロが初めて感情を見せ、逆上した。

お気に入りの菩提樹《ぼだいじゅ》が砕け散った。

『天道宮《てんどうきゆう》』を守る『秘匿の聖室《クリュプタ》』が破られた。

初めての敵と、〝紅世の徒《ぐぜともがら》〟と遭遇《そうぐう》した。

ヴィルヘルミナが、実はフレイムヘイズだった。

そして今、決意とともに、望んでいたフレイムヘイズ『炎髪灼眼の討ち手』となるために、伝説の化け物〝天目一個〟に肩車されてアラストールの元へと走っている。

今朝、ここを通ったときには思いもしなかったことばかりだった。まるで、夢想していた未来が良いも悪いもごちゃまぜに、全部まとめて押し寄せてきたようだった。

今までと別れる予感、そして切ない感慨があった。

同時に、始まりの予感と、熱い期待もあった。

頭上に広がる闘争のパノラマの中に、自分も混じるときが来る。

憧憬《どうけい》でしかなかった姿が、もう子供の夢ではなく、一歩先の未来、現実の中にある。

だが、まずその前に、

「後ろ!!」

少女は〝天目一個〟の前立てを無理矢理捻《ねじ》って後ろを向かせた。

「──!?」

反射的に、〝天目一個〟は飛来するものを『贄殿遮那《にえとののしやな》』の逆袈裟《けさ》斬りで両断、少女を守る。

二つに分かたれた藤色の炎弾《えんだん》が、少女らの両側後方で爆発した。

「熱《あつ》っ！」

押し寄せる熱波が、包帯に包まれた肌に染《し》みる。少女は意志の力でそれを無視し、前立てをさらに捻《ねじ》った。〝天目一個《てんもくいっこ》〟は一回転し、再び奥へと走る。

その回転の刹那《せつな》、開け放された大扉の向こうへと伸びる廊下に、追ってくる〝徒《ともがら》〟の姿が見えた。城館から漏《も》れ出る光に浮かぶその影は、まるで悪夢の手先。

あの〝徒〟が追ってきたということは、ヴィルヘルミナの身になにかあったに違いなかった。

しかし、少女は振り向かない。今できること、やらねばならないことは一つだけだった。前だけを見、そして対処する。

「急いで！　あの中に入れば!!」

二人の前に、少女が毎朝毎夕、白骨《はっこつ》と鍛錬《たんれん》を行っていた回廊の入り口があった。

再び、その背に炎弾が迫る。

「飛び込んで!!」

自然と少女の命令に従った〝天目一個〟が、戦うべき強者《つわもの》たる彼女の腰を片手で抑《おさ》え、一緒に回廊へと飛び込んだ。

伽藍《がらん》の奥が藤色の爆炎《ばくえん》で溢《あふ》れ返り、少女と〝天目一個〟の姿を隠した。

ウィネはまんまと〝天目一個〟を操って走る少女の野放図《のほうず》さ豪胆《ごうたん》さに舌打ちしたい思いだった。

できることなら……というより絶対に〝天目一個〟は相手にしたくない。とにかく、炎弾で少女だけを殺せば、あとは放って逃げればいい。どうせ〝天目一個〟は、この奥に鎮座《ちんざ》する〝天壌《てんじょう》の劫火《ごうか》〟を狙《ねら》っているのだ。前に立ちふさがらない限り、あの化け物は自分という雑魚《ざこ》など無視してくれる――さっきの突破前の行動で、ようやくその特性に気付いた――とにかく、そこにつけこむしかない。ここまできて、ここまでのことをやって、目の前にぶら下がっている大手柄《おおてがら》をふいにするつもりは、全くない。

逸《はや》る彼の前で、二度目の爆発が起きる。が、

「くそ、逃がしたか……！」

彼が外からざっと眺め、把握した感覚によれば、この豪壮《ごうそう》な伽藍の奥には箱型の結節部に連なって、〝天壌の劫火〟が潜《ひそ》んでいるであろう聖堂のような場所があった。どちらもたいした大きさではない。

幸い、足はこっちの方が速い。

最低、〝天目一個〟と接触することは避け得ない。

しかし、すぐ追いつくことができるはず。

最悪、『炎髪灼眼《えんぱつしやくがん》の討ち手』と戦わねばならない。

それら有利と不利がせめぎあう中、ウィネは楽観的な要素だけを無理矢理に拾い集めた。そうして己を奮い立たせ、伽藍《がらん》の奥にある結節部へと飛び込み、そして、

「……ん、なっ⁉」

恐怖の中で立ちすくんだ。

そこは、いきなり正面の壁で道を左右に分けた、迷路のような回廊だったのである。

左右に分かれた道は、廊下の曲線の向こうに隠れ、見えなくなっていた。奥へと伸びる壁は、積み重なった粗末《そまつ》な細レンガと、その間を埋める漆喰《しっくい》からなる斑《まだら》模様で、上に行くにしたがって盛り上がり、天井《てんじょう》と一つ曲線で繋《つな》がっている。その天井の不可思議な曲線のところどころからは、針穴を通すような外の光が細く漏《も》れ出て、回廊に不気味な雰囲気を漂《ただよ》わせていた。

(な、なぜ〝天壌《てんじょう》の劫火《ごうか》〟の本拠《ほんきょ》の手前に、こんなわけの分からん場所があるんだ⁉)

当然の疑問とともに、ウィネは左右に首を巡らして逃げた獲物の痕跡《こんせき》を追うが、〝天目一個《てんもくいっこ》〟には元より気配がない。少女の方なら大まかな居場所を掴《つか》めるが、今彼の前には迷路が広がっている。居場所だけが分かっても、すぐ追うことなどできなかった。

こんな所にもし、あの気配を持たない化け物〝天目一個〟が潜《ひそ》んでいたら。少女と化け物が一緒に居るとは限らない。むしろあの少女なら、罠《わな》としてあの化け物を使いかねない。

ウィネは背筋を震わせた。

(娘《むすめ》、あいつ、なんという——‼)

見た目のあどけなさに、知らず油断していた。

そうすべき相手でないことは、分かっていたはずなのに。

娘に地の利があることさえ、勝気に逸《はや》って全く失念していた。

しかしそれでも、急がねばならない。ぐずぐずしていれば、〝天壌の劫火〟と契約されてしまう。大手柄《おおてがら》が、逆に最悪の敵を生み出す大失態に変わってしまう。そんなことになれば、自分はベルペオルに見捨てられて——!!

「く、くそっ!!」

結局はその危機感が、足を動かした。

ほとんど無謀《むぼう》な暴走として、ウィネは回廊の奥へと突進していった。

胸元で揺れる金色の鍵を、化け物から守る護符《ごふ》のように握り締めて。

実際は、何も、何もなかった。

ウィネは、自身怯《おび》えた分だけの時間を、少女に稼《かせ》がせた。


「とうとう、来たな」

「うん」

紅蓮《ぐれん》の炎《ほのお》に赤々と照らされた『天道宮《てんどうきゅう》』最奥《さいおう》の聖堂で、命を結び合わす魔神《まじん》と少女は正面から向き合っていた。

「それにしても、全く驚かされる……まさか、史上最悪の〝ミステス〟を契約の立会人として連れて来るとは」

「みんな、忙しいみたいだから」

少女はくすりと笑って、傍《かたわ》らの、隻眼鬼面《せきがんきめん》だけを彼女に見せる鎧武者《よろいむしゃ》を見上げた。

アラストールが宝具《ほうぐ》によってこの世にとどまっていること、契約しさえすれば少女と勝負できることを伝えると、この伝説の化け物はすぐおとなしくなった。

少女にとっては意外ではない。むしろ、その単純な心の在り様を可愛《かわい》いとさえ思った。もちろん、そう思えるのも契約するまでのことだろうが。

「もう少し、待ってね」

答えはない。しかし少女には、表情などあるはずのないその鬼面に、来るべき勝負への期待が満ちているように見えた。

(なんだか似てるね、私たち)

見えない体を、ぽん、と叩《たた》いて、一歩前に出る。

鼻先が触れるほどに近く、アラストールの炎の前に立つ。

そうしていよいよ語りかけようとしたそのとき、

「――はっ!?」

少女は咄嗟《とつき》に、低く前へと跳《と》んだ。

それに半瞬《はんしゆん》遅れて、少女の立っていた場所が爆発した。

「うあっ！」

背と足先を藤色の炎に炙《あぶ》られて、思わず悲鳴を漏《も》らす。

「それまでだ!!」

ウィネが、最奥部の入り口にその姿を現していた。『万条の仕手《ばんじようのして》』の包帯に守られ存在に干渉《かんしよう》できない少女を直接的な方法で殺害せんと、立て続けに炎弾《えんだん》を放つ。もはや会話は有害無益と踏んでいるらしく、ただ走って、炎から逃れた少女を射界に入れようとする。

また至近《しきん》で藤色の爆発が起こり、少女はアラストールの炎を点《とも》す銀の水盤『カイナ』を収める床の窪《くぼ》みに倒れこんだ。

「熱《あつ》っ！」

炎が太腿《ふともも》を舐《な》めて、思わず悲鳴を上げてしまう。

「契約するのだ！」

アラストールは不覚にも、自身の都合ではなく、少女を守るために叫んでいた。

炎に触れた状態で、互いの意志さえ通じ合えば、契約はすぐ終わる。

しかし、少女は足を引きずって、『カイナ』の陰に身を隠す。そのうつ伏せの下から、声が小さく漏《も》れる。

「ヴィルヘルミナが、ね」

どうした、早く契約を……と言わせない静かな圧力が、その声にはあった。

「私が隠してることを、アラストールに言ってあげてくれ、って」

「——!!」

また爆発が少女を転がした。ウィネは〝天目一個《てんもくいっこ》〟を警戒して距離を取っているが、その爆発が、その炎《ほのお》が、一度でも少女を呑《の》み込めば、全《すべ》ては終わる。

アラストールはあらゆる意味で焦《あせ》った。

しかし少女は、あれほど望んでいたはずの炎に触れてくれない。

ただ、話す。

「お返しに、アラストールも隠していることを話してくれるだろう、って」

アラストールは、燃え上がる炎と水盤を揺らす爆圧の中、少女の微笑を感じた。

「私たちみんな、隠し事、下手《へた》なのかも。お互い、ずっと知ってて知らない振り」

「む……」

「話して」

語るきっかけを作るように、少女が言った。

アラストールが、口を開く。

「……我がフレイムヘイズ『炎髪灼眼《えんぱつしやくがん》の討ち手』には、秘密がある。この世の人間の〝存在の力〟を介せず、他《ほか》の〝紅世《ぐぜ》の徒《ともがら》〟の命を生贄《いけにえ》に我を顕現《けんげん》させる……〝紅世〟真正の炎の魔神《まじん》たる我にのみ行使を許された秘法〝天破壌砕《てんぱじょうさい》〟……」

また、爆発。

短く息を呑む、悲鳴を我慢した声の後に、少女、核心の問いが放たれる。

「っ——それは、器であるフレイムヘイズも、破壊してしまうのね？」

少女の鋭さを知るアラストールは、驚かなかった。ただ静かに、肯定する。

「そうだ……そう、なった」

「……」

過去に幾度か聞いた。なにかの弾《はず》みで聞かされた。

少女の前の契約者『炎髪灼眼の討ち手』のことを。その素晴らしさ見事さを。

アラストールもヴィルヘルミナも大好きだったことが、その語る口調だけで分かった。

その彼女を失い、死なせた理由が、

「……フレイムヘイズの、使命の、ため……？」

「そうだ」

まるで悲しみそのもののような声で、しかしアラストールは強く告げる。

決断を少女に迫るために。

彼は絶対に止まらない。諦《あきら》めない。挫《くじ》けない。

そう、誓っていた。

「我らフレイムヘイズの使命には、使命に生きるということには、同時に必要とあらばその秘法を使ってでも使命を果たす、死さえも含まれるのだ」

自分を脅《おびや》かすには余りに小さい、しかし少女を脅かすには余りに大きい藤色の炎《ほのお》に照らされながら、〝天壌《てんじょう》の劫火《ごうか》〟は語る。

「他《ほか》に道のあったはずの者を、我らは、そんな運命に導いた……いや、一つのみを示し、それ以外を隠し、我々の求める運命に縛《しば》り付けた……他でもない、我々の、愛で」

水盤の陰で身を縮める少女が答える。

「知ってるよ？　隠さなかったでしょ？　私も、大好き。みんな、大好き」

「……」

「それに、アラストールは、嫌《いや》だったんでしょう？　その秘法を使うことが」

「……」

「アラストールが『炎髪灼眼《えんぱつしやくがん》の討ち手』の話をするときは、とっても嬉《うれ》しそうで、とっても楽しそうで……でも、とっても、悲しそうだったもの」

「……」

「ありがとう。話してくれて、嬉しい……でも、ね」

水盤の根元に、甲高《かん》い音を上げて炎弾《えんだん》が命中した。膨《ふく》れ上がる炎の中に少女の声は途《と》切《ぎ》れ、アラストールは上げかけた叫びを、中途で切った。

呼ぶべき名前が、少女にはまだ、なかった。

彼が、そうした。

しかし、代わりに、少女は自分から、息も絶え絶えに、言う。

「私は、それでも、自分で選ぶの、この道を」

「!!」

(――「これは、この契約は、運命なんかじゃない、私が選択したの」――)

アラストールの心に、凛冽《りんれつ》の響きが蘇《よみがえ》った。

少女は火傷《やけど》に引き攣《つ》る頬《ほお》に笑みを作る。それが分かる。

「私、そんなことじゃ、止《や》めない。私は、それさえ、フレイムヘイズであることだ、って分かる。私の話は、それよりもっと前提のところ」

「なに?」

まだ、少女は炎に手を伸ばさない。確実に助かるはずの炎に、触れようとしない。

少女は、絶対にすがらない。

「私は、ずっと疑ってきたの。フレイムヘイズが、この世のバランスを守るために〝紅世《ぐぜ》の徒《ともがら》〟と戦う、っていう大義《たいぎ》を」

「……そう、か」

藤色の死が少女を苛《さいな》み、今まさに連れ去ろうとしている。

しかし、強く言う。

「本当にそうであるかどうかは、自分で見極め、自分で決める。でないと、自分の全《すべ》てを捧《ささ》げて生きることなんてできない。立って、歩くのは、自分なんだから」

「そう、か」

少女の声はどんどん強くなる。

「今日、初めて〝紅世《ぐぜ》の徒《ともがら》〟と出会って確信した。あれは、アラストールたちの言うとおりの者、この世を恣《ほしいまま》に捻じ曲げる者だってことを。それに対することができるのは、フレイムヘイズのみだってことを」

「そうか」

ボロボロの少女は、無理矢理に身を起こしていた。包帯は焦《こ》げ目を作り、火傷《やけど》もそこここに見える、しかしあまりに強い、その姿。

「ごめんね、アラストール。私、悪い子なんだ……どれだけみんなが私を愛してくれても、どれだけ私がみんなを大好きでも……それが嫌《いや》なら、絶対にやらないの。私、すごくすごく、悪い子なの」

炎《ほのお》は、揺れる。

魔神《まじん》の心を示すように、打ち震える。

「なんという、なんという奴《やつ》だ、おまえは」

それを、少女は感じることができる。

彼に、そう育ててもらった。

と、強く光る少女の瞳の中、立ち上がった彼女を狙《ねら》い打てる位置に、立ち昇るアラストール
の炎の端《はし》に、ウィネの姿が入る。なかなか命中しないことに苛立《いらだ》ち、知らず接近し続けていた
彼は、全く動かないために、いつしか無視していたものの傍《かたわ》らを走り抜けようと――

「勝負の邪魔《じゃま》だ、斬《き》れ!!」

腕を振り向けた少女の叫び、その意味するところを解し、〝天目一個《てんもくいっこ》〟が動いた。

「な」

驚くウィネの眼前に、振り向いた隻眼鬼面《せきがんきめん》があった。

神通無比《じんつうむひ》の大太刀《おおだち》『贄殿遮那《にえとののしやな》』は横様《よこざま》に振り抜かれていた。

「っお!?」

ウィネはなにもできず、腹に斜線一筋《ひとすじ》、真っ二つに切り裂《さ》かれ、吹っ飛んだ。下半身は藤色
の火花となって吹き飛び、上半身は床に投げ落とされた。

そして少女は、いつしか紅蓮《ぐれん》の炎に伸ばされていた手を、力の限り握った。

「偉大なる〝紅世の王〟――〝天壌の劫火《てんじょうのごうか》〟アラストール」

契約が、始まる。

「あなたの志に、敬意を。我が身を器に、顕現《けんげん》を。ともにフレイムヘイズたるの使命を、斃《たお》れる日まで果たしましょう」

少女は、手を握ったまま、『カイナ』の縁《ふち》に足をかけ、紅蓮《ぐれん》の炎《ほのお》の中に歩き出す。

床に転がったウィネの、シールドいっぱいに広がった一つ目が、

「あ、ああ——!!」

祭壇中央における……彼が引き起こし、そして止め得なかった光景を映していた。

銀の水盤『カイナ』の上に燃え盛る紅蓮の炎に、両手を大きく広げ、目を閉じた少女が浮かびあがっていた。

そして不意に、炎が少女へと流れ込む。

少女は、人間としての決定的な喪失感《そうしつ》に襲われた。

(——焼き払われる——私の中が、全《すべ》て——この中から外に広がるはずだったものが全て、その大きな、とっても大きなものが、全て——)

体は膨《ふく》れ上がらず、焼けもせず、ただ炎をその内に呑《の》み込んでゆく。

流れ込み呑み込まれる炎たるアラストールは、

(——なんという)

少女の、己を容《い》れる器の、恐るべき広がりと大きさに驚愕《きょうがく》していた。

(——なんという、大きさだ——これぞまさに、我〝天壌《てんじょう》の劫火《ごうか》〟の〝王足《た》る身〟を容れる

に相応《ふさわ》しい――『偉大なる者』――）

やがて少女は、空《から》っぽになったはずの自分の中に、莫大《ばくだい》な力が湧《わ》き上がってくるのを感じた。

指先、髪の一本まで自分の全てに染《し》み渡り、膨大《ぼうだい》な熱《あつ》さと力で満たしてゆく、それは炎。

（――アラストール――あなたなのね――なんて――なんて、熱い炎――これが、これこそが〝天壌の劫火〟!!）

時間は数秒、しかし天地を諸共に焼き尽くさんばかりの炎の流れ。

それが唐突《とうとつ》に、終わった。

目を閉じた少女が、炎の去った水盤の上に降り立った。

長く艶やかな髪が燃えていた。

否、煌《きらめ》いていた。

火の粉《こ》を舞い咲かせ、紅蓮に。

そして、両の瞼《まぶた》が、開く。

同じく、紅蓮の煌《きらめ》きが、その瞳を占めていた。

これぞ、『炎髪灼眼《えんぱつしやくがん》』。

〝天壌の劫火〟アラストールのフレイムヘイズ、『炎髪灼眼の討ち手』たるの証《あかし》だった。

炎《ほのお》が少女の内に去ったことで、聖堂の内には、その紅蓮《ぐれん》の煌《きらめ》きだけが残っていた。

静けさの訪れた聖堂の中、

「はあ――――」

たった一つの光源たる少女が、深い吐息《といき》をついた。

「……神器を、定めるがよい……」

どこからか、アラストールの声が。

少女が凛《りん》とした声で、ずっと昔から用意していた答えを返す。

「ペンダント。あなたが外を見晴るかす、曇りなき瞳となるように」

「うむ……」

ボッ、と少女の眼前に紅蓮の火花が散り、一つのペンダントが残される。

少女本来の瞳に似た黒い宝石を、交差する金の輪と銀の鎖《くさり》で飾った、ペンダント。

それを少女は取り、首にかけた。

アラストールは再びの器として得た、全《すべ》てを承知で使命に生きることを決意し、誓ってくれた、〝在るべくして在る者〟へと語りかけた。

誇らしさと、歓喜をもって。

「よくぞ降り立った、修羅《しゅら》の巷《ちまた》へ、戦いの庭へ。我がフレイムヘイズよ」

その待ち望んでいた声に、短く、呆気《あっけ》ないほどの声を、少女は返す。

「うん」

とうとう、なった。

だが、それで終わったのではない。

これから、そうあるのだ。

私が、こうだと決めた自分として、常に、いつまでも。

フレイムヘイズ、そう、私は、フレイムヘイズ。

荒野を目指し、それを悔やむことも恥じることもない。

荒野を目指すことをこそ、己《おの》が誇りと、力とする。

そう、これが、私。

「ようこそ私に、〝天壌《てんじょう》の劫火《ごうか》〟アラストール。私は」

数百年の役目を終えた水盤『カイナ』の上から、最初の敵を燃え盛る灼眼《しゃくがん》で睨《にら》み据《す》える。

「〝フレイムヘイズ〟――『炎髪《えんぱつ》灼眼の討ち手』」


白い仮面のヴィルヘルミナが、宙で踊る。

その差し伸ばされた手の動き足の運びに従い、純白無数のリボンも踊る。速く優雅《ゆうが》に鮮《あざ》やかに。桜色の火の粉《こ》を散らしながら。

彼女めがけて殺到《さっとう》した、紙の薄さと形の鋭さを持つ数十もの刃《やいば》、その全《すべ》てにリボンが巻きついていた。だけでなく、その勢いを殺さず力の向きだけを微妙に変えて、動作を本来の意図と別の方向へと流す。それら刃の行く先は、傍《かたわ》らの味方。

「――な、に⁉」

驚愕《きょうがく》するオルゴンの眼前で、信じられない光景が現出した。

たった一人を刺《さ》し貫こうと四方八方から群がった軍勢《ぐんぜい》が、まるでその一人を囲んだドミノ倒しのように、一斉《いっせい》に自分の隣を切り裂《さ》き突き通して、倒れたのである。

綺麗《きれい》な輪になって地にはらはらとくずおれてゆく紙の兵士たち。

その後、未だひしめく軍勢にぽっかりと開いた穴の中には、夢の世界の住人のように可憐《かれん》不思議な舞踊の姿だけが残されていた。

仮面から溢《あふ》れた鬣《たてがみ》の中に浮かぶ、『万条《ばんじょう》の仕手《して》』だけが。

この〝夢幻《むげん》の冠帯《かんたい》〟ティアマトーのフレイムへイズたる女性の外見からは、どんな感情も意図も見出せない。手足を軽く広げて宙に浮く体、それを取り巻いて靡《なび》く純白のリボン、周囲を舞い散る桜色の火の粉だけが、ただ見える。

「……なるほど、『万条《ばんじょう》の仕手《して》』とは、よく言ったものだ」

オルゴンは唸《うな》るように呟《つぶや》きつつ、密《ひそ》かに倒れた紙の一枚へと再び力を込める。

「だが」

ヴィルヘルミナの背後から立つ間《ま》も半秒、紙の騎士《きし》が剣をその背に突き刺した。

「油断は――」

かに見えた。

大きく膨れる鬣《たてがみ》の中に浮かんだ『万条の仕手』の胴体に突き立つ前に、その刀身は彼女の舞踊に従い伸びた、純白のリボンに包まれていた。しかも、その刺突《しとつ》の勢いのまま、騎士《きし》は宙へと放り上げられる。

「油断は……なんでありますか?」

ヴィルヘルミナが言い、両腕を優雅に交差させる。するとたちまち、騎士は数十ものリボンに巻きつかれ、宙に浮く繭《まゆ》のようになった。そして、

「笑止《しょうし》」

ティアマトーの声と共に、ボン、と一瞬の燃焼音が響き、繭は中空となって解けた。

騎士の残骸《ざんがい》のように、緑青《ろくしょう》の火の粉《こ》が散ってゆく。

「……『ホグラー』単体を討ち取る程には、腕も立つか……ならば」

歯軋《きし》りの音も聞こえるほどに忌々《いまいま》しげな口調でオルゴンは唸《うな》り、いつしかマントから透《す》り抜け出ていた二つの手袋の指を折った。

「『ラハイア』!『ヘクトル』!」

円形に倒れ、折り重なっていた紙の軍勢《ぐんぜい》の中から、再び騎士が起き上がる。一枚を〝天目一《てんもくいっ》

個《こ》〟に断《き》られ、また一枚をヴィルヘルミナに屠《ほふ》られた今、オルゴンの持つ切り札はこの二枚の騎士のみである。

しかし、

「む?」

ヴィルヘルミナの見る前で、二枚の騎士の背中に、まるでカードを足すように兵士たちが張り付いてゆく。それはどんどん厚くなり、最終的には百科事典ほどの重量感を持つに至った。

それだけではない。

ヴィルヘルミナを挟《はさ》むように立つ分厚い騎士を円形に取り囲んでいた兵士たちが、各々の腕を織り合わせ、紙細工《ざいく》の輪となって回り出していた。高速で回るその内側には、寝かせられた無数の槍《やり》が穂先を揃えている。まるで内向きの刃《やいば》を持つ回転鋸《のこぎり》だった。

「なかなか、器用でありますな」

「小《こ》細工」

しかし、囲まれた当人である『万条の仕手』と〝夢幻《むげん》の冠帯《かんたい》〟の声に、動揺はない。

回転する大きな輪の外にあるオルゴンは答えず、鋭く号令をかける。

「かかれ!」

ズン、と重く足を踏み鳴らして、騎士が挟み討ちに飛び掛かる。

その二つの刃《やいば》を、ヴィルヘルミナは静かに待つ。見事な連携《れんけい》で同時に斬撃《ざんげき》が届く、その寸前に、緩《ゆる》やかとさえ言える足取りで鬣《たてがみ》を片方に傾ける。流れるような動作で片方の刃《やいば》をスレスレでかわし、互いの距離を詰める。それは同時に、もう片方の刃から距離を取ることでもあった。

傍《かたわ》らをすり抜けた騎士《きし》の一体（ヴィルヘルミナには、どっちがどっちの名前なのか分からなかったし、興味もなかった）の体には、既にゆるりと振られた腕に従って、リボンが幾重にも巻きついている。

そうしてヴィルヘルミナは、強引に引っ張るのではなく、その赴《おもむ》く方向を僅《わず》かに逸《そ》らすだけの力だけをかけて、

「なに──!?」

驚くオルゴンの眼前で騎士を一人、独楽《こま》のようにとんでもない横回転をかけてすっ飛ばしていた。傍《はた》からは、彼女が騎士を相方《あいかた》に舞い踊り、騎士が勝手にそこからすっぽ抜けた、としか見えなかった。

分厚い騎士が地に落ちる、その間にもう一人が、体を揺らす『万条の仕手《ばんじょうのして》』に襲い掛かる。が、これも同じように斬撃《ざんげき》の手元に入り込まれ、その通り抜ける際、手首に巻かれたリボンの導き示すまま、今度は縦《たて》に凄《すご》い勢いで回り、二回転目の途中《とちゆう》で脳天を地に打ちつけた。

ただ一人、『万条の仕手』のみが、鬣《たてがみ》の中で優雅《ゆうが》に舞っている。

「……おのれ」

騎士を起き上がらせる間《ま》も置かず、オルゴンは内向きに回る回転鋸《のこぎり》の径を絞《しぼ》る。密集し、

高速で彼女の周囲を巡る槍《やり》の穂先は、常人の背丈《せたけ》ほどの高さを丸ごと鋸の刃としている。巻き込まれれば瞬時にその全身をずたずたに引き裂《さ》かれてしまうことは容易に想像できた。

しかし、ヴィルヘルミナは常と変わらない口調で、あっさり言った。

「少々、邪魔《じゃま》でありますな」

「粉砕《ふんさい》」

ティアマトーの声もそっけない。

「――!!」

舐《な》められることを誰にも許さないオルゴンは、怒りの勢いままに、手袋の指をがっしり組んだ。刃の径が一気に狭《せば》まり、無礼なフレイムヘイズを押し包み、引き裂《さ》く。

その前に、ヴィルヘルミナは大きく両手を払い、足を広げることで鬣を一回転、自分を囲む刃と速度を同調させて輪舞し、その全《すべ》ての穂先にリボンを絡《から》めていた。そしてその動作の流れ全てを調律し、一つ方向へと振り向ける。

たった一瞬、その内で、まるで足を引っ掛けられた学芸会のお遊戯のように、兵士たちは一《いっ》斉《せい》に転び、陣《じん》は倒壊《とうかい》した。

まさに『万条の仕手』の名に相応《ふさわ》しい、圧倒的な技の冴《さ》え。

「なん、だと……」

オルゴンは、あまりに無残な『レギオン』の様に呆然《ぼうぜん》となった。

と、その前の地面に、リボンが幾条《いくじょう》も突き立つ。アンカーのように引かれて、仮面のフレイムヘイズが一気に迫ってくる。今度はリボンの先を前に出した、剣山《けんざん》のような姿で。

「ぬう!!」

ザアッ、とオルゴンのマントが解け、剣山の突撃はその中を突き抜けた。その背後で再びマントが再構成され、呼び戻した二人の分厚い騎士《きし》が両脇に付いて守る。倒壊《とうかい》した軍勢《ぐんぜい》も、一旦《いったん》の混乱から持ち直して、再びゆらゆらと立ち上がりつつある。

オルゴンのマントと帽子《ぼうし》からなる本体は、あくまで司令塔となる意志総体の現れでしかない。〝千征令《せんせいれい》〟オルゴンという〝紅世《ぐぜ》の王〟は、この軍勢全体のことを指すのだった。討滅《とうめつ》するには、軍勢を完全に破壊し尽くすしかない。あしらうことは容易《たやす》くても、滅ぼすには手に余る、そしていずれは数に呑《の》み込まれて敗北する……オルゴンはそんな、『多勢に無勢』を体現する、恐ろしく厄介《やっかい》な〝徒《ともがら》〟なのだった。

それを前にするヴィルヘルミナは、ため息とともに言う。

「なるほど。模倣《もほう》とはいえ、自身の強さのイメージとして炎《ほのお》を『騎士団《ナイツ》』に形成した彼女とは、顕現《けんげん》の原理が根本的に違うようでありますな」

「殲滅《せんめつ》」

「私は『極光の射手《きょくこうのいて》』や『儀装の駆り手《ぎそうのかりて》』らとは違って、破壊そのものはあまり得意ではないのでありま――」

ヴィルヘルミナは言葉を切って、その身を城館、奥の聖堂へと振り向けた。

巨大な脈動と、
小さな点火。

そして、燃え広がるように膨《ふく》れ上がる力、業火《ごうか》の立ち昇るような凄《すさ》まじい存在の顕現する気配、爆発のように圧倒的な戦意の放射。

「……ああ……」

ヴィルヘルミナは知った。

遂に、『炎髪灼眼《えんぱつしやくがん》の討ち手』が誕生したことを。

とうとう、少女が自分の元を巣立っていってしまったことを。

ティアマトーが僅《わず》かに緩《ゆる》く、数百年の感慨《かんがい》を口にする。

「……完遂《かんすい》」

「そうで、ありますな……私とあなたは、確かに」

言って、ヴィルヘルミナは眼前から迫り来るオルゴンの軍勢《ぐんぜい》を仮面越しに見やる。この〝紅世の王〟は、彼女の知る限り、最も間《ま》と運の悪い〝徒〟だった。

「〝千征令《せんせいれい》〟オルゴン」

語りかける彼女の声には、オルゴンを不快にさせるものがあった。

「今や『炎髪灼眼の討ち手』は契約を成立させ、おまえを阻止《そし》する必要はなくなったのであります。しかし、今度は逆に、『炎髪灼眼《えんぱつしゃくがん》の討ち手』がこの世に慣れるまでの期間、存在を秘さねばならない……」

隠してさえいない、それは哀れみだった。

「つまり、おまえを逃すわけにはいかなくなったのであります」

「誰に向かって、逃げるなどとほざくか——」

沈黙で答えるヴィルヘルミナに向けて、再び居揃った軍勢《ぐんぜい》の槍《やり》を倒す。その数はほとんど減っていない。誇るだけの力が、確かに彼にはあった。

「いかに『炎髪灼眼の討ち手』が強力だとて、契約したばかりのひよっ子に、我が技巧の粋《すい》を極めた『レギオン』を打ち破れるものか。現に貴様も、かわすばかりではないか」

しかし、彼は全く分かっていなかった。

戦う相手は、『炎髪灼眼の討ち手』ではなかった。『万条《ばんじょう》の仕手《して》』でもない。

それは、水の底から現れる。

ズン、
と『天道宮《てんどうきゅう》』全体を揺るがして、一つの脈動が起こる。

ズン、
と宮殿を囲む水面が波立つ。

ズン、

と力が膨《ふく》れ上がる。

「……なん、だ⁉」

オルゴンでさえ驚愕《きょうがく》するほどに巨大な〝徒《ともがら》〟の気配が、唐突《とうとつ》に現れた。

それは水蒸気爆発の形を取って、放射状に広がる七本の光線となって、現れた。

濛々《もうもう》たる水蒸気の中を踊り狂う光線は七本、全《すべ》て違う色。それが急に途《と》切れた。

気付けば、水辺に何者かが立っている。

薄白い靄の中を、歩いてくる。

ボロをまとった白骨《はっこつ》だった。

「虹《にじ》……虹だと⁉　そんな、そんな馬鹿《ばか》な……‼」

恐怖と戦慄《せんりつ》から本体の周囲を軍勢で固めるオルゴンに向かって、それは歩を進める。顕現《けんげん》の規模を極力抑え、ただそこにいて動くだけとなっていた、みすぼらしい体。そこに再び、残された〝存在の力〟を……二度と増えることのない力を、注《そそ》ぎ込む。

変貌《へんぼう》が始まった。

骨に肉と皮がまとわれ、髪が長く伸びる。ボロは二の腕の膨れた中世風の衣装《いしょう》となり、拍車《はくしゃ》の付いた長靴《ちょうか》が地を踏む。胴と腰に眩《まばゆ》い銀の胸甲《きょうこう》と草摺《くさず》りが装着され、頭には冠《かんむり》を模した兜《かぶと》を頂《いただ》く。肩からは襷《たすき》のように太い剣帯《けんたい》がかけられ、凝《こ》った意匠《いしょう》のサーベルが吊《つ》られる。最後に、左肩から体半分を覆《おお》うマントが翻《ひるがえ》った。

精悍《せいかん》な容貌《ようぼう》の青年が、そこにいた。細身の長身が、ボロの白骨《はっこつ》と変わらないゆっくりとした足取りで、オルゴンに近付いてゆく。

それは、紙に描かれた偽《いつわ》りの絵姿ではない。

本物の、騎士《きし》だった。

「貴様……に、〃虹《にじ》の、翼〃、メリヒム……」

オルゴンの声は、震えていた。ヴィルヘルミナの言葉の意味が、冷たい死の予感とともに心に染《し》み込んでくる。属した組織こそ違え、互いに見知り、聞き知りしている。

〃虹の翼〃メリヒム。

それはかつて、この世で埒外《らちがい》の猛威《もうい》を振るった〃紅世《ぐぜ》の王〃の片翼として恐れられた、彼と同じ、強大なる〃紅世の王〃だった。

その青年騎士・メリヒムは顎《あご》を僅《わず》かに上げた。正面にいるオルゴンを指しつつ、ヴィルヘルミナに、澄んだ声で問う。

「これは、俺《おれ》の仕事かい？」

いつの間《ま》にか戦装束《いくさしょうぞく》を解き、人間の姿に戻っていたヴィルヘルミナが答える。

「あなたの誓いを、大事な勝負を、なまった腕でやってもらっては困るのであります」

「腕慣らし、というわけか……相変わらず周到《しゅうとう》だな」

華麗《かれい》なる騎士と、ボロボロになった養育係の女性は、数百年ぶりに声を交わす。

「それにしても……俺《おれ》が最後に戦うと、なぜ分かった？」

複雑な声を、複雑な表情で、ヴィルヘルミナは絞《しぼ》り出す。

「ここに来る前からの腐《くさ》れ縁《えん》から導き出した、確答《かくとう》であります」

「ふうん、そう」

メリヒムは、彼女らに顔を向けないまま、嫌《いや》ったらしく微笑した。

「じゃあ……なまっているかどうか、確かめてもらおうか」

長靴《ちょうか》が鋭く地を擦《す》って、一歩だけ、オルゴンとその軍勢《ぐんぜい》に進む。体の方向を定める以上の歩数は、要らない。

「久しぶりだね、〝千征令《せんせいれい》〟……世話になるよ」

「……なぜ」

怯《おび》えるオルゴン、その当然の問いに、メリヒムは凄愴《せいそう》な笑みとともに答えた。

「俺の『虹天剣《こうてんけん》』の威力を試すのに、君ほどの適任は居ない」

「なぜだ」

すっくと立つ、その凛々《りり》しい姿の奥に力が燃えている。体のあちこちから、虹の七色を一つずつ宿した火の粉《こ》が舞い落ちていた。消耗《しょうもう》し続けているその力は、しかし〝千征令〟をして絶望を抱《いだ》かしめるほどに、圧倒的だった。

「さあ、始めて、すぐに、終わらせようか」

「なぜ、貴様がこんな所にいる――――!?」

そして一撃、
率いる軍勢ごと、〝千征令〟オルゴンは消滅した。

ジリジリと焦《こ》げ、また一線に殺《そ》ぎ取られた地面から立ち昇る煙、

「行く、のでありますか」

その向こうに去ろうとするメリヒムの背に、ヴィルヘルミナは躊躇《ためら》いがちな声をかけた。

メリヒムは振り向かずに答える。

「今さら言うことでもないだろう、ヴィルヘルミナ・カルメル？　俺《おれ》は彼女の誓いを果たすためだけに、生き長らえてきたのだから。君だって、そうだろう？」

ヴィルヘルミナは前に出かけ、そして思いとどまり、そしてもう一度だけ過去に向けて声を放る。

「いいえ。私はもう、新しい時を見ているのであります」

「ふふん、負け惜しみかい？」

全《すべ》てを分かって、そしてそれを鼻で笑って、メリヒムは去ってゆく。

今度こそ永遠に帰ることのない、最後まで振り向くことのなかった、青年の背中。

それが煙の向こうに掠《かす》れ果てるまで見送ってから、ようやくヴィルヘルミナは、震える声で呟《つぶや》くことを、自分に許した。

「本当に、最後まで……嫌《いや》な奴《やつ》」

ティアマトーは、なにも言わなかった。


灼眼《しゃくがん》が捉《とら》えた。

隻眼鬼面《せきがんきめん》の鎧武者《よろいむしゃ》……〝天目一個《てんもくいっこ》〟の姿を。

今ならはっきりと見える。

凄《すさ》まじい力を燃焼させて、彼女を見つめている。

古めかしい甲冑《かっちゅう》の全身を駆《か》け巡る〝存在の力〟を、まるでもう一つの視覚ができたかのように感じる。隻眼鬼面の内にある、怒気《どき》ではない、狂喜の色さえも。

その足元では、半身の〝琉眼《りゅうがん》〟ウィネが、呻《うめ》きつつその対峙《たいじ》から遠ざかろうとしていた。胸の中ではひたすら、全てに対する罵《ののし》りだけがこだましている。

（くそ、くそ、くそっ、なんて、ことだ――）

と、その襟首《えりくび》が、〝天目一個〟に摑《つか》まれた。

「⁉」

無造作《むぞうさ》に、彼の眼前まで持ち上げられる。

片目の潰《つぶ》れた恐ろしい鬼《おに》の面《めん》が、その口を初めて開けた。

「――我、強者《つわもの》と――仕合《しあ》う――」

「な、な……!?」

猛烈《もうれつ》に嫌な予感が、半ばで断ち切られた背筋を走る。

「――力――強者の中の、強者と、仕合う――力、足りず――」

「ま、待て――!!」

鬼面の口の中から、浅葱色《あさぎいろ》の炎《ほのお》が漏《も》れ出た。

それは、ウィネにとって見覚えのある色だった。

(あ、あ、浅葱色？　馬鹿《ばか》な、この炎は)

過去の事情と現在の恐怖と未来への予感から、不意に一つの、今となってはどうでもいい確信が彼の脳裏に閃《ひらめ》いた。恐怖から僅《わず》かでも逃れるために、悲鳴のような声を上げる。

「き、貴様、まさか〝道司《どうし》〟を!?」

ごく最近消息を絶った〝紅世《ぐぜ》の王〟、彼等の探索《たんさく》目標の一つ、それが、この――

「――今や――我が、力なり――弱肉、強食――」

鬼面が口をいっぱいに開く。

「ひ、や、やめ――」

ズバッ、と、破裂《はれつ》にも似た音がして、摑《つか》み上げられていたはずのウィネが、消えた。

その名残《なごり》は僅《わず》かに、鬼面《きめん》の口の中に混ざった藤色の炎《ほのお》のみだった。

やがて鬼面は口を閉じ、ゆるりとした動作で敵に向き合う。

敵たる少女は待っていた。

アラストールも、なにも言わない。

これは、試練。

これから無数に乗り越えていく試練の、最初の一つ。

二人とも、最初からケチるつもりは、全くなかった。

炎髪《えんぱつ》と灼眼《しやくがん》が、煌《きらめ》きを増す。

二人を完璧に同調させる闘争心が声となったかのように、短く敵に、確認する。

「いいわね？」

「――強者《つわもの》よ――」

ずん、と音がしそうなほどに重い動作で、〝天目一個《てんもくいつこ》〟は腰を沈め、大太刀《おおだち》『贄殿遮那《にえとののしやな》』を両腕で構える。鎧武者《よろいむしや》は今や、先の助力協力一切を切り捨てた、妥協不能の完全なる敵だった。

対する少女は、契約時に傷こそ治ったものの、包帯だらけの下着姿という、心許《もと》ないことこの上ない格好である。しかし、炎髪灼眼の煌きを点《とも》して立つ姿には、圧倒的な存在感があった。

その少女の唇《くちびる》が、一つ言葉を奏でる。

「――封絶《ふうぜつ》」

ボン、と紅蓮《ぐれん》の炎《ほのお》が上へと通り過ぎた。床面に、段に沿う形で紋章《もんしょう》が描かれ、全《すべ》ての因果が断裂、外から孤立する。

「できた」

「ふ、ふ」

まるで一つ一つ、力を試していくように、少女とアラストールは声を交わす。

もちろん封絶は、〝天目一個〟に影響を与えない。少女ももちろん承知していた。これは己の力と存在を確かめ、フレイムヘイズとしての自覚を深める、精神集中の作業だった。

そうして、床に燃える紅蓮の紋章に照らされた聖堂の中、
互いに静止すること数秒、
いきなり〝天目一個〟が跳《と》んだ。

(見える)

灼眼が、動作が生み出す『殺し』の流れを、全て捉《とら》える。気付けば体は感覚とともに動き、鎧武者の『殺し』の隙《すき》を突くべく併走している。体が軽い。契約前に全身を苛《さいな》んでいた激痛は完全になくなっていた。それどころか、

(力が、湧《わ》いてくる)

まさに、爆発的、という表現がぴったりくる、燃える熱量さえ感じるほどに溢《あふ》れ出し、体を動かす圧力となる、莫大《ばくだい》な力の奔出《ほんしゅつ》。

それを少女は〝自在〟に制御《せいぎょ》できる。力をもてあますことはなかった。人間だったときの感覚に惑《まど》わされたり、調節を誤ったりすることもない。ずっとずっと、生まれたときから、続けてきた鍛錬《たんれん》の、これが結実だった。

（フレイムヘイズ……これが、フレイムヘイズ!!）

少女は気付く。〝天目一個《てんもくいっこ》〟が疾走《しっそう》の調子を一歩、変えた。

（踏み込みの予備動作）

と看破《かんぱ》して、その『殺し』の流れが動作のどこに生まれるかを感じる。冴《さ》えた視界、それ以上、皮膚の感覚、それ以上、自分が動く全ての動作と相手の動作、全《すべ》てに呼応して、『殺し』の流れを感じる。

予測した軌道そのままの、大上段からの斬撃《ざんげき》が少女の鼻先を掠《かす》めた。

しかし、少女はすでにその斬撃の勢いでは絶対に変えることのできない領域、体の右側深くに踏み込んでいる。そこに入るために跳《と》んだステップを爪先立《つまさきだ》ちに、入った勢いで付けた回転を低い蹴《け》りに転換、足を払う。

〝天目一個〟が、斬撃と視界の外側から放たれた足払いに、右の足を弾《はじ》き飛ばされた。

「――――!」

しかし〝天目一個〟は全く慌《あわ》てない。倒れる動作の先端《せんたん》は、いつの間《ま》にか逆手《さかて》に持ち替えた大太刀《おおだち》の切っ先だった。その標的は当然、少女の小さな体。

「っは!?」

例《たと》えそのまま、紙一重《かみひとえ》の際どさで、少女はこの刺突《しとつ》をかわし、飛びのいた。

床に突き立った大太刀を支点に、〝天目一個〟も遠くへと跳び、間合いを再び大きく取る。

（あ、危なかった）

頬《ほお》に、玉の冷や汗が一つ、不敵な微笑が一つ、浮かぶ。

気配が全くない〝天目一個〟に対するに、とりあえず動作そのものの『殺し』から対処するのは間違っていなかった。しかし、あの恐るべき化け物は、少女が計る『殺し』の目算をさらに超えて、予想外の攻撃を加えてきた。間違いなく死線を越えかけた……であるというのに、少女の胸は恐怖に凍らなかった。むしろ熱く躍《おど》った。

（凄《すご》い）

これが、生死を賭《か》けた戦いか。

これが、修羅《しゅら》の巷《ちまた》の住人か。

これが、この世か。

全ての感動が、少女の巨大な闘争心にくべられて燃料となる。

しかし、熱狂して我を失っているわけではない。むしろ燃えれば燃えるほど、彼女は戦いへ没入し、戦いと一体化し、戦いを冷たく見た。

(伝説の化け物といっても……そうだ、〝ミステス〟なんだから……!)

少女は、アラストールから教わったその特性から、一つの対抗手段を思いついた。じりじりと裸足《はだし》のまま石造りの聖堂の床を擢《す》って位置取りを変え、戦機を窺《うかが》う。

対する〝天目一個《てんもくいっこ》〟も、少女の手強《てごわ》さを警戒して、巨体を等距離に保ち、移動させる。

と、その等距離を保つための移動を、聖堂の段状になった床が邪魔《じゃま》した。

(今!)

少女は段の下に、自ら飛び込むように走った。大きめの段の上を、十年以上の慣れが、まるで平地のように容易《たやす》く走らせる。

恐るべき手練《てだれ》である〝天目一個〟が、たかが床が段になった程度でおたつくはずもない。しかし、ほんのわずかでも動作に揺らぎを入れることが出来れば、勝機の糸口を見出すことは不可能ではない。

白骨《はっこつ》と激突して過ごした十余年の中で蓄積された動作のパターン、対処へのイメージが、全《すべ》ての瞬間に、少女へと勝機を与え続ける。

平然と段を駆《か》け下りる少女を、〝天目一個〟が追う。

と、少女が突然、反転した。迫る鎧武者《よろいむしゃ》に、無謀《むぼう》とも思える突進を始める。

より速く強力な斬撃《ざんげき》を振るうために足場を必要とした〝天目一個〟は、少女の突進と踏み込む足の位置を、段の端《はし》に合わせる。そうするしかない。

そして少女はその踏み込みの位置と、大太刀《おおだち》が間違いなくそこに来るという間合いを見切った。方向はどこから来る、下か上か横か、動作の起点を見て、

（上！）

今までのような刃《やいば》の外に逃げる回避ではなく、前に、進む。紅蓮《ぐれん》の火の粉《こ》に混じって煌《きら》めく前髪が一房《ひとふさ》断ち切られる、代わりに少女は〝天目一個〟の右肩、至近《しきん》に入り込んでいた。振り抜かれた太い鎧《よろい》の右腕を、こっちも右腕で掴《つか》み、左腕を〝天目一個〟の脇腹に叩《たた》き込んだ。

「っどうだ！」

拳撃《けんげき》ではない。手首から先が、脇腹の中に潜《もぐ》り込んでいた。

ガクン、と〝天目一個〟が電池を切られた人形のように静止する。

この〝天目一個〟始め、〝ミステス〟と呼ばれるモノの素体《そたい》は、〝紅世の徒《ぐぜのともがら》〟に〝存在の力〟を喰われた人間の代替物《だいたいぶつ》〝トーチ〟である。その、能力的には人間となんら変わらないモノの中に〝紅世〟の宝具《ほうぐ》が入ることで、特別な力を持つ〝ミステス〟ができあがるのだが、トーチであること、それ自体の性質は通常、変わらない。

少女は強引に、この〝ミステス〟におけるトーチの部分を分解しようとしたのだった。

（〝存在の力〟の繰り方は、アラストールにさんざん――っ!?）

分解しない。

どころか、再び〝天目一個〟が動いた。ぐりん、と首が真横を向いて、自分の脇腹に手を突っ込む少女を、浅葱色《あさぎいろ》と藤色の渦《うず》巻き混じった一つ目で見下ろす。

アラストールが危機感もあらわに叫ぶ。

「離れろ！」

「っく!?」

しかし、引っ張っても手は抜けない。

（し、しまった、罠《わな》!?）

焦《あせ》り、足をかけて強引に手を抜こうともがく少女の眼前に、左手に持ち替えられた『贄殿遮那《にえとののしやな》』の切っ先が迫っていた。

（やられ――!!）

自分の残った手で無駄《むだ》な防御《ぼうぎょ》を試みる、
その外側にもう一重《ひとえ》、
少女をかばうように黒いなにかが伸ばされた。

バン、と硬いものの衝突《しょうとつ》ではない、弾けるような音がして、斬撃《ざんげき》が逸《そ》れた。目の前の光景を理解するよりも先に、恐怖や動揺を抱《いだ》く前に、ただ生存本能と闘争本能が、

（攻撃が逸《そ》れた早く抜け）

固定された左腕の埋まる〝天目一個《てんもくいっこ》〟の脇腹に両足をかけさせ、引っ張らせていた。

そしてまたもう一重、

その動作の外側に現れたものが、両足と同じく〝天目一個〟の脇腹に打撃を与え、左腕を無理矢理に引き抜かせた。

「ぐ、う——!!」

左腕が、千切《ちぎ》れる寸前の激痛に痺《しび》れる。これを少女は右腕でかばい、転ぶように低く跳《と》んで距離を取った。その動作の終わりに、自分がいつしか黒いマント、あるいはコートのようなものを肩に被《かぶ》っていることに気付く。どこから伸びているのか分からないそれは、しかし体から離れず、自在に動いた。夜より深い、漆黒《しっこく》の布だった。

「こ、これは!?」

「『夜笠《よがさ》』——『炎髪灼眼《えんぱつしゃくがん》の討ち手』がまとう、我が翼の一部たる自在の黒衣《こくい》だ」

「……『炎髪、灼眼』の……？　教えてくれても、いいのに」

左腕の痛みを紛《まぎ》らすように、少女はアラストールと声を交わす。

「イメージは、言葉では伝わらぬ。体得と感得でしか、フレイムヘイズの力は使えぬのだ」

言われて、そういえば、と少女も思い出す。

ヴィルヘルミナが、フレイムヘイズの力は『契約者が持つ強さのイメージと〝紅世《ぐぜ》の王〟の力の融合によって顕現《けんげん》する』と言っていた。

(じゃあ、これは私の防衛本能に反応して生まれたものなのかな)

少し意識すると、ある程度自由にその形も変わるようだった。とりあえず、防御《ぼうぎょ》面積の大きなコートのような形状、襟《えり》と長い袖《そで》、広い裾《すそ》を作り出す。

この作業の間にも（といっても数秒のことだが）警戒している〝天目一個《てんもくいっこ》〟は、さっきの交錯《こうさく》の姿勢のままで静止していた。といって、活動を停止したわけでもない。

と、不意に、口ががっぱりと開いた。

「――我、刀匠《とうしょう》なり、我、強者《つわもの》に、武《ぶ》の器与《あた》うを、使命とするなり――」

「えっ？」

「組成に干渉《かんしょう》したことで、一時的に生前の意識が活性化しているのだ」

アラストールが起こった現象を説明するが、少女はその語った内容の方に気を引かれた。

「刀匠？　その大太刀《おおだち》を作った人っていうこと？」

宝具《ほうぐ》は概《おお》ね、稀《まれ》に現れる『この世の側で〝存在の力〟を繰る者』が作る。『贄殿遮那《にえとののしやな》』の場合は、それを持つ〝天目一個《てんもくいっこ》〟自身がそうであるらしい。

「――よって我、自ら望んで〝宝の蔵《ミステス》〟となる――」

続いて漏《も》れ出た言葉に、さすがのアラストールが驚愕《きょうがく》した。

「人間が自分から〝ミステス〟になっただと？」

古今《ここん》そんな馬鹿《ばか》な例は聞いたことがなかった。

トーチに、〝ミステス〟になるということは、人としての全《すべ》てを失うのと同義である。〝存在の力〟の消耗《しょうもう》により、他《ほか》の人の記憶にも残らず、それまでの人生で己が為《な》した証《あかし》も全てなかったこととなる……それは死よりも数段惨《むご》い、人が生きてきたこと、その全否定に他ならない。

しかし、この〝天目一個〟は、それを平然と言ってのけた。

「なんで、そんなこと」

少女の訊《き》くでもない問いに、〝天目一個〟は反応した。

一閃《いっせん》、大太刀『贄殿遮那』が前に突き出される。

「──強者──」

思わず身構えた少女にやや距離を置いて、見る者を死へと吸い寄せるような、恐怖の美しさを匂《にお》わす切っ先がある。

「我を──得るに相応《ふさわ》しき──強者求め──我、自ら望んで〝宝の蔵《ミステス》〟となる──」

「我……この大太刀のこと？」

「鎧武者《よろいむしゃ》〝天目一個〟と大太刀『贄殿遮那』、それらを作った刀匠、三つの自我が混在しているようだ……しかし、強者を求めるだと？　まさか……」

戸惑《とまど》う少女とアラストールに、〝天目一個〟は言う。

まるで、二人の了解《りょうかい》を得るように。

その上での勝負を求めるように。

「——人を超えたる強者《つわもの》に——我が命の精粋《せいすい》を注《そそ》ぎし武の器——『贄殿遮那《にえとののしやな》』を得るに相応《ふさわ》しき強者求め——我、自ら望んで〝宝の蔵《ミステス》〟となる——」

「その大太刀《おおだち》を渡すに足る強者を探すため、自ら望んで人としての全《すべ》てを捨てたと言うのか……？　そんな、馬鹿《ばか》なことが……？」

伝説の化け物トーチ、〝紅世《ぐぜ》〟に関わる者たちを血風散華《けつぷうさんげ》と斬《き》り続けてきた史上最悪の〝ミステス〟、その全く意外な正体だった。

アラストールは、自分が〝存在の力〟のバランスを守る側にあることから、当然のようにその行動律を理解できなかった。

しかし、少女は違った。

「……そう」

納得の響きが、その呟《つぶや》きにはあった。

それを感じたのか、〝天目一個《てんもくいっこ》〟は鬼面《きめん》の隻眼《せきがん》を少女に向ける。もちろん、大太刀は構えたままで。

少女は、そんな真摯《しんし》な相手を、灼眼《しやくがん》でしっかりと見つめ返す。

「お前も、私と同じなのね。自分の意思で、自分の居場所を探して、一心に進んできたのね」

「——」

大太刀『贄殿遮那』を間に挟《はさ》んで、灼眼の少女と隻眼の鬼面は睨《にら》み合う。

なにかが、両者の間で満ちてゆく。

やがて、少女が言った。

「もう、大丈夫」

それは今日、彼女がかけられた言葉。

求め続ける者が、終わりに聞く言葉。

「お前の持ち主となる強者は、ここにいる」

「――強者よ――参《まい》る」

言葉が切れると同時に、〝天目一個〟は前進する。

少女は、それを待ち受ける。

両者の距離は四半秒《しはん》で詰まった。

真《ま》っ向《こう》大上段から、〝天目一個〟の、己《おの》が主《あるじ》の器量を問う必殺渾身《こんしん》の斬撃《ざんげき》が降ってくる。

その下にある少女は、今までの全《すべ》てを、これからの全てを、この瞬間に賭《か》けた。

双掌《そうしょう》で剣尖《けんせん》を両側から挟《はさ》み込む真剣白羽取《しんけんしらはど》り、

「――っだぁ!!」

に見えたそれは、剣尖を挟みつつも斬撃を止めず、受け取った勢いをまま、全力で真下に叩《たた》きつけていた。

両の掌《てのひら》の皮が削《そ》がれて血塗《ちまみ》れになる、

代わりに大太刀《おおだち》『贄殿遮那《にえとののしやな》』は、上から振りぬいた力、下へと叩《たた》きつける力、双方によって床へと吸い込まれるように深く、埋め込まれていた。

「!?」

そして、驚愕《きようがく》の気配を燃やした隻眼鬼面《せきがんきめん》の真正面には、刀身を勢いよく落とした力に跳躍《ちようやく》を乗せた、少女の頭突きがあった。

(——集、中っ!!)

少女は瞬間的に集めた力を、その打点、頭突きの先端《せんたん》へと込める。

ドガッ、と打点が紅蓮《ぐれん》の爆発を起こし、両者はもつれ合い、倒れこんだ。

まさか爆発するとは思っていなかった少女は、驚きつつも身を起こす。

「あ——、……っ、っ……」

そして、傍《かたわ》らを見た。

鬼面《きめん》が、粉々に砕《くだ》けていた。

大太刀『贄殿遮那』は、床に突き立ったままだった。

神通無比《じんつうむひ》の大業物《わざもの》は、ついに〝天目一個《てんもくいっこ》〟の手を離れた。

刀匠《とうしよう》は、その望みを果たしたのだった。

そこがどこなのか、〝琉眼《りゅうがん》〟ウィネには分からなかった。

自分は確か、あの化け物に喰われてしまったはず……まさか人間どもの妄想《もうそう》するあの世とやらでもないだろうが……。

と、そこにいきなり声が響いた。

「――おや、誰か一人、討ち伏されたようだね？」

ウィネは全く唐突《とうとつ》な驚愕《きょうがく》と歓喜に包まれた。

この天上の美声こそ、彼の女神《めがみ》――

「ベルペオル様!! わ、私です、〝琉眼〟ウィネです！」

理解不能な状況の中でも、彼の気持ちは期待と憧憬《どうけい》に満ちていた。

しかし、

「ウィネ……ウィネ、ウィネのう？　我が配下の一人かね？」

返ってきたのは無情な宣告。

「――っ!?」

負の衝撃《しょうげき》に絶句した彼を、その声はもう一度叩《たた》いた。

「まあ、誰でも良いわ。私の『非常手段《ゴルディアン・ノット》』が起動しているということは、付近に強力なフレイムヘイズでもおるのだろうて」

「ゴ、『非常手段《ゴルディアン・ノット》』……？」

声を交わすよすがを求めるようなウィネの問いに、答えは軽く、酷薄《こくはく》に返る。

「普段から捜索猟兵《イェーガー》たちに持たせている金色の鍵よ。『非常手段《ゴルディアン・ノット》』というてな、まあ、仕掛け爆弾のようなものさね」

「な!?」

「ここしばらく、死にかけた〝徒《ともがら》〟の残り火を効率よく使うために、いろいろ試しておってな……とりあえずは、おまえの残り火を使って、付近を破壊してみるかね」

ウィネは否定の返答を求めて絶叫した。

「ば、馬鹿《ばか》な！　そんな馬鹿な！　あれは勲章《くんしょう》代わりだと仰《おっしゃ》られたではありませんか!?　俺《おれ》はそれを励みに――私に良くやってくれたと仰られたではありませんか!?」

「それは当然だろうさ。そうなるよう、態度と言葉に気をつけて渡しておるのだから」

ウィネは、己の立脚していたもの、全《すべ》ての行動の根源が瞬時に崩れたのを感じた。

「お、俺を……俺の愛を、利用したのですか、ベルペオル様!?」

「……愛、とな？　お前の愛は、見返りを求めるのか？」

声には可笑《おか》しみが混じっていた。それは、深い理解の上に立って無知を嘲《あざわら》う、凶悪《きょうあく》な可笑しみだった。

「……う、あ、ああ……」

ウィネはただ、呻《うめ》いていた。その言葉の意味と、声に込められた凶悪さに全てが麻痺《まひ》したようになって、なにも考えられなくなっていた。

　声は変わらず、可笑しげに彼を抉《えぐ》る。

「ああ、いや、それでもよいぞ。確かに私は、私を利してくれる者を愛しておるからの」

　ウィネは、自分に残された僅《わず》かな〝存在の力〟が、あの金の鍵を核に、別のものへと変換されてゆくのを感じていた。感じていて、しかしなにもできなかった。しようとも思えなかった。

　彼の全てはもう、折れて、破れてしまっていた。

「だから私は、おまえを愛しておるよ、ああ、愛しておるともさ……」

　ウィネ、末期《まつご》の意識に届いたのは、心から望み、欲していたはずの言葉。

　しかしその言葉は、思い描いていた喜悦《きえつ》とは全く違う、
　残酷《ざんこく》な響きしか、持っていなかった。


「なんという無茶をする奴《やつ》だ……得た早々に、我がフレイムヘイズをなくしてしまうやも知れぬと心配したぞ」

　アラストールが、ペンダント〝コキュートス〟から、初陣《ういじん》に見事勝利を飾った契約者に、満、足げに文句をつけた。

「無茶しないで勝てる相手でもないでしょ。それに、私は他《ほか》にやり方を知らないし」

みんなが『炎髪灼眼《えんぱつしゃくがん》の討ち手』の戦い方を教えてくれなかったことへの仕返しとして、少女も嬉しそうに口答えした。

「ふむ……たしかに、選択肢《し》を持たなかったことが、結果的に最適な手段となったが」

この〝天目一個《てんもくいっこ》〟は、通常のフレイムヘイズや〝紅世の徒《ぐぜともがら》〟……つまり炎《ほのお》を繰り、気配を感じ、自在法で戦う者には天敵のような存在だった。達人が持つ利点の大半を打ち消し、全《すべ》ての自在師を寄せ付けない、まさに噂《うわさ》に違《たが》わぬ、とんでもない怪物だった。

しかし、この少女のように、肉弾戦だけに鍛錬《たんれん》の成果と持てる全力を賭《か》けて戦う者を相手にしたとき……怪物は一転、身体能力のみによる尋常一様《じんじょういちよう》、真《ま》っ向《こう》勝負の剣士となった。能力の特性上、そうならざるを得なかった。

あるいはこの、通常のフレイムヘイズや〝紅世の徒《ぐぜともがら》〟にとってあまりに不利なハンデを背負う戦いこそが、大太刀《おおだち》『贄殿遮那《にえとののしゃな》』を振るうに足る持ち主を選別するために、刀匠《とうしよう》が課した試練だったのかもしれなかった。

少女も、そのことを十分に理解していた。

「たまたまうまくいっただけだってのは、よく分かってる……うん、鍛錬《たんれん》の百倍は凄《すご》くて……それに、〝徒〟の……千倍は、怖かった」

吐《は》く息が、過度の戦慄《せんりつ》に冷えている。立てた膝《ひざ》も、こきざみに震えている。動悸《どうき》が早鐘のように胸を強く速く打っている。戦いの中で許されなかったものが、今一斉《いっせい》に襲いかかってきたようだった。全く、偶然と相性から拾ったとしか言えない、首の皮一枚残した勝利だった。

しかし少女は、この恐るべき戦いを得られたことに、感謝していた。

彼（と少女は自然に思う）の与えてくれた、迫る敵の恐ろしさ、生死ギリギリのやり取り、勝機を狙《ねら》って賭《か》けた力、その瞬間の燃焼、全《すべ》てが、少女を確信に導いてくれた。修羅《しゅら》の巷《ちまた》で生きること、戦いの庭を走ることに、自分が堪《た》え得るかどうか……その、確信に。

やがて少女は、傍《かたわ》らの床に突き立った、自分の血に刀身を濡《ぬ》らす大太刀を見やった。なんとなく、アラストールに許可を求める。

「……いいよね？」

「言った以上は、責任を取ってやるものだ」

頷《うなず》いて立ち上がると、少女は血塗《ちまみ》れの両掌《りょうて》で、その大太刀『贄殿遮那』の柄《つか》を握った。

「もらうよ、ありがとう」

傍らで残り火を燃やす甲冑《かっちゅう》に断って、一気に引き抜く。

「ッ……──」

鋭く走る痛みに顔を顰《しか》めたのも一瞬、少女は自らの眼前に現れた大太刀、そのあまりの素晴《すば》らしさに息を呑《の》んだ。

闇《やみ》の中、炎髪《えんぱつ》灼眼《しゃくがん》の煌《きらめ》きが、その刀身を紅蓮《ぐれん》に彩る。

どこまでも優美な反《そ》りを持つ、細くも分厚い刀身。切っ先は刃《やいば》の広い大帽子《ぼうし》。どんな材料を使ったのか、刀身の皮鉄《かわがね》と刃の刃鉄《はがね》は、刃文《はもん》も見えないほどに溶け合う銀色。刃渡《はわた》りに比して異常に短い柄《つか》。鈍色《にびいろ》の重い木瓜《もっこう》型の鍔《つば》。質実簡素《しつじつかんそ》な柄拵《つかごしら》え。

太刀《たち》としてはあるいは異形《いぎょう》とさえいえるそれらの特徴全《すべ》てが、一個の芸術品のように全《まった》き調和をもって同居していた。

それを少女は感嘆とともに眺め、そして言った。

「一緒に、行こう」

答えは返ってこなかったが、それでも少女は満足した。

と、そのとき、
パシ、

「!」

と乾いたものが弾《はじ》けるような奇妙な音がした。

少女は、総身《そうみ》に感じた不穏《ふおん》の気配から反射的に跳《と》び退《の》いた。

不穏を撒《ま》く音の源は、倒れ伏した甲冑《かっちゅう》、その内にチロチロと燃える残り火。

それが突然、空間に亀裂《きれつ》を広げ始めた。

「な、なに!?」

「〝徒《ともがら》〟の置き土産《みやげ》だ!」

アラストールがそう断言したのは、細く宙を延びる亀裂の色が、〝天目一個《てんもくいっこ》〟に斬《き》られ喰われた〝琉眼《りゅうがん》〟ウィネと同じ、藤色だったからである。鎧《よろい》はその中心で一挙に砕《くだ》け、その崩れ落ちた後にまた、無数の亀裂が奔《ほとばし》り出た。

無葉《むよう》の細枝とも血管の透視図とも見えるその亀裂は、聖堂の中をどんどん立体的に広がってゆく。それは床に触れると平面に沿って広がり、分厚い床の石材に本物の裂《さ》け目を生む。周りの柱や天井《てんじょう》にもそれは病魔のように広がり、蝕《むしば》んでゆく。

アラストールは、この惨状《さんじょう》と自在法を食い止める方法はないと判断した。短く指示する。

「脱出だ。大規模な崩壊が起こる」

「えっ」

ふと、少女は躊躇《ちゅうちょ》した。自分がこれまで寝所としていた、アラストールの炎《ほのお》と交じり合って『火繰《ひぐ》りの行《ぎょう》』に勤《いそ》しんでいた、帰るべき場所……その崩壊に、僅《わず》かに動揺した。

が、それも一瞬、

「うん」

少女は走り出した。その背後で轟音《ごうおん》とともに柱の砕《くだ》け落ちる音がした。自分の揺り籠《かご》の出口を前に、ずっと用意していた言葉を、親愛なる炎の魔神《まじん》にかける。

「行くよ、アラストール」

「！　――うむ、行こう」

少女は、とうとうそこから出た。アラストールとともに。

振り返るべき場所は、なくなっていく。

少女は感慨《かんがい》に浸《ひた》る間《ま》も与えられず、自分を組み立てた三分の一、シロとの戦いに明け暮れた回廊を駆《か》け抜けた。背後から、尽きることのない崩落の音が追いかけてくる。

行く先に開けたのは、闘争のパノラマを頭上に頂《いただ》く大伽藍《だいがらん》。

その、太い柱列を両脇に二列ずつ並べた長大な廊下へと踏み込んだ少女は、足を止めた。

「――!!」

廊下の中央に、一人の騎士《きし》が待っていた。

堂々と屹立《きつりつ》して、少女の到来を待っていた。

少女は、この精悍《せいかん》な容貌《ようぼう》の青年を初めて見、しかし誰なのかを瞬時に悟《さと》った。

「……シロ」

自分が人間だったとき、思い描いていた未来――アラストールを身の内に抱《いだ》いて、『天道宮《てんどうきゅう》』を飛び出すフレイムヘイズたる自分が、外の世界を案内してくれるヴィルヘルミナを守りながら、シロと一緒に〝紅世の徒《ぐぜともがら》〟と戦う――そんな無邪気《むじゃき》な夢が今、完全に消えた。

背後の崩壊を知りながら、ゆっくりと前に進む。

周囲に〝琉眼《りゅうがん》〟ウィネのような、しかしもっと深くて大きな存在の違和感を撒《ま》き散らす青年騎士は、少女を見つめる。ヴィルヘルミナに向けたものとは全く違う、真剣かつ穏やかな表情で。彼が待ち望んでいた、一人の女性に誇るべき時——数百年ぶりに見る炎髪灼眼《えんぱつしゃくがん》は、やはり、どこまでも、美しかった——を迎えるというのに、余計な感情に囚《とら》われるわけがなかった。

やがて、互いの声が過不足なく届く距離で、少女は足を止めた。

なぜ彼がここで待っているのか、それを問おうとは思わなかった。

彼は戦意を全く隠していなかった。

彼は、恐らくは〝紅世の王〟……そして自分は。

それが意味するところ、帰結する行為、全《すべ》てを分かって、彼は自分の前に現れた。

元より、言葉を交わしてなにかを伝え合う間柄ではない。

だから、見詰め合う。

それだけでも、今日はたくさんすぎるほどに、彼の心は伝わってきた。

これも、自分がここを出るための、試練の一つ。

対峙《たいじ》してから、長いようで短い時を経て、
青年騎士・〝虹《にじ》の翼〟メリヒムは、澄《す》んだ声で言った。

「来い、フ、レ、イ、ム、ヘ、イ、ズ」

あるいは、彼に最もかけて欲しかった言葉。

究極の対等の形。

愛情と決して矛盾しない行為。

戦いの、到来だった。

「うん」

フレイムヘイズたる少女は、満面の笑みで答えた。

手にしたばかりの大太刀《おおだち》『贄殿遮那《にえとののしゃな》』を両手で握り込み、最適の構えを取る。誰から教わったわけでもない。自分の『殺し』の感覚に合わせることで、自然とそうなる。

その柄紐《つかひも》が、手によく馴染《なじ》む。短すぎる柄は、長すぎる刀身とバランスを取るかのように重くて取り回し易《やす》い。また、刀身自体も細身であるため、振るう際の抵抗を大して感じない。フレイムヘイズとしての力にぴったり来る、まさに強者《つわもの》のための業物《わざもの》だった。

対するメリヒムも、サーベルを抜いた。右手一本で剣を握り、右足を僅《わず》かに前に出して姿勢を半身に取る。全体に、柔らかく軽やかな印象のある構えだった。

両者睨《にら》み合う、不意討ちではない、初めての真剣勝負。

少女の炎髪《えんぱつ》から紅蓮《ぐれん》の火の粉《こ》が舞い咲き、メリヒムの身の端《はし》からも虹《にじ》の色を一つずつ宿した火の粉が落ちる。

それが数秒、
少女が仕掛けた。床を砕《くだ》かんばかりの踏み切りと、大上段に振りかぶっての斬撃《ざんげき》は、

「ふん」

メリヒムの笑いとともにサーベルから放たれた赤い光線に中断させられた。

「つは⁉」

少女は咄嗟《とつさ》に『贄殿遮那《にえとののしやな》』を立てて、これを受け止めた。赤い光が刀身の前で大きく火花を撒《ま》いて弾《はじ》け、消える。〝天目一個《てんもくいっこ》〟の特性と同じように、この大太刀《おおだち》は自在法による攻撃を完璧に防いでいた。

剣尖《けんせん》を前に突き出した姿勢のまま、メリヒムは言う。

「〝天目一個〟の力は大太刀一つ。自在法を行使せず、格闘戦でこそ戦うべき相手だった。しかし、我々〝紅世《ぐぜ》の徒《ともがら》〟と対するに、外見から攻撃の手を読むだけというのでは不足だ」

これは、言葉で伝えられる、初めての教えだった。

「外の動きと同時に、内における〝存在の力〟の変質、つまり自在法が発現する気配を感じなくてはならない」

これは、教える側と教わる側が、〝紅世の徒〟とフレイムヘイズでなければ意味のない、今だからこそできる教えだった。

「そう、このように」

軽く言うメリヒム、その身の内に今度は二つ、力が集中するのを少女は感じた。動作の前触れなく放たれた黄色の光線をかわし、時間差でもう一撃来た橙《だいだい》色を、大太刀で受け止める。

さっきと違い、一瞬、押された。だんだん攻撃力が強くなっている――

「そろそろ、言葉は尽きる」

七人七色のメリヒムが少女を囲み、一人一言、教示する。

「驚きに意味はない」「現実に在るものを見ろ」「それはそこにある」「我々の業《わざ》として」「それが、我々」「〃紅世〃に関わる者」「その戦い」

「なっ!?」

メリヒムが、色分けするように七つ身となって散った。

「我々〃紅世の徒〃は、その繰るところの自在法は、在り得ない不思議を起こすもの」

焦《あせ》る少女が手立てを実行する前に、

「そして、忘れてはならない」

（くっ！　一旦《いったん》退くか？）

ようやっと斬撃を受け切った少女は、その速さと隙《すき》のなさに戦慄《せんりつ》する。

この言葉が終わるまでに、途切《とぎ》れることのない斬撃《ざんげき》が少女を五度、襲っている。さらに、その身の内に〃存在の力〃が練られるのを感じる。

「見た目の注意も怠ってはならない」

思う間《ま》に、少女の眼前にメリヒムが迫っていた。

「！」

「もちろん」

全員が、同じ方向に剣を倒した。

一人一色、光線が隣へと迸《ほとばし》り、全員の色が重ね合わされてゆく。

気付けば少女は、虹色《にじいろ》の輪の中にあった。

「最後に見せよう」「我が偽《いつわ》りなき力を」「感じろ、力の発現する前の俺《おれ》を」「感じろ、発現した力を」「その差を測り、感得しろ」「機を逃すな」「この世の全《すべ》ては一度の行為」

浮かび上がる泡《あわ》のように、虹色の輪が上へと零《こぼ》れ落ちた。

師の教えを全て実践せんと励む少女は、見る。

「!!」

縮まる虹《にじ》の輪はその頭上で結集し、再び広がる。そして一撃、大伽藍《だいがらん》の天井《てんじょう》を、そこに描かれていた闘争のパノラマを消し飛ばした。圧力の存在も物体の抵抗も全く感じさせない、圧倒的な破壊力だった。

(あの力がもし、内側に向かっていたら……)

修羅《しゅら》の巷《ちまた》の凶暴《きょうぼう》な真実と、戦いの庭の無情な顔が、背筋を冷たくする。

しかし少女は、

(よし)

と思った。

生きる道は決めた。自分で、選んだ。

そういう場所であることも、知っていた。
なら、今さら戸惑うことも、迷うこともない。
ただ、確認しただけだった。
〝天目一個《てんもくいっこ》〟のときとは違う、共感のない本物の敵を。
〝存在の力〟を繰って行われる〝紅世の徒《ぐぜともがら》〟の戦いを。
その予想外の不思議さ、想像以上の恐ろしさを。
それら、フレイムへイズの戦いに必要な実感を。
確認し、感じ、得た。
だから、
(よし)
と思う。
いつしか正面に距離を取って一人立つ〝紅世の王〟に、臆《おく》することなく対峙《たいじ》する。
(彼は、言葉は尽きる、最後に見せる、って言った……なら、あとは)
時間にして三分経《た》ったか経たないか。
背後から迫る亀裂《きれつ》の崩壊も、まだ回廊から出ていない程度の時間。
それだけで、今までの集大成《しゅうたいせい》たる教示は、終わった。
あとは、その実践。

二人が交わした言葉は結局、戦い方、それのみだった。

不満も、不足もない。

そういう二人なのだった。

「……」

メリヒムは再び剣を構える。その背に、七本七色の光線が輝き始めた。見る間《ま》にその光は強くなり、それはやがて光背《こうはい》とも七本の翼とも思える広がりをもって、彼を壮麗《そうれい》に飾った。

(虹《にじ》の、翼……)

彼の真名《まな》を、知らず思った少女は、ただ炎髪灼眼《えんぱつしやくがん》を煌《きらめ》かせて、その始まりを許る。

怖気《おぞけ》を誘うほどに強大な存在感。しかし一方で、それを維持する力は減り続けてもいた。もの凄《すご》い勢いで力は燃焼し、今の顕現《けんげん》を支えている。しかも、残りの力は少ない。この勢いで燃焼すれば、程なく燃え尽きてしまうことは明らかだった。

彼は、今の顕現に全《すべ》てを賭《か》けている。

なぜそこまで、とは考えない。彼自身が言った。現実にあるものを見ろ、と。

彼は脅威《きようい》だ。全力を奮《ふる》ってくる。そして残りの力は少ない。それだけだ。

それだけの事実は、あまりにも悲しい。

い、い、い、
しかし、それでも。

「さあ、受けてみよ」

すぐ先にあるものを感じさせない充溢《じゅういつ》の様を見せる〝虹《にじ》の翼〟メリヒムが、口を開いた。

「我が必殺の『虹天剣《こうてんけん》』を」

試される時がきた。

フレイムヘイズたる少女だけではない。

アラストールも、ヴィルヘルミナも、メリヒムも。

数百年にも及ぶ彼らの営みが今、試されようとしていた。

全てが水泡《すいほう》に帰し、徒労《とろう》以上の失敗が彼らを打ちのめすのか。

それとも、この世に彼らの精粋《せいすい》を、一つ花として咲かせるのか。

メリヒムの宣言から数秒、
終局の到来を告げるように、
伽《が》藍《らん》の奥、回廊側の壁が、亀裂《きれつ》を無数に走らせ、崩れ落ちた。

空間を伝う亀裂の魔手《ましゅ》が、とうとう伽藍にまで届いたのだった。

その亀裂の迫る気配を背に、少女は自身の力を高め、巡らせ、燃やすことに専念する。

（……〝天目一個《てんもくいっこ》〟との戦いの流れを……今、シロに教わったことを……）

燃え盛る炎《ほのお》のような力が、体中に満ちる。

獰猛《どうもう》で冷徹な戦意が、それを捉え、導く。

眼前に立ちはだかる〝紅世《ぐぜ》の王〟を、全力で迎えるために。

（……『炎髪灼眼《えんぱつしゃくがん》の討ち手』の力、全《すべ》ての感覚を……『殺し』の中に織り込め……）

空間の亀裂《きれつ》が、背後の柱に張り付き、広がった。

それが自重《じじゅう》と、天井《てんじょう》をなくしたことによる張力不足から、一気に崩壊する。隣の柱がそれに巻き込まれ、また空間の亀裂に蝕《むしば》まれして、柱列は連鎖的に、しかしてんでばらばらな方向へと倒れてゆく。

その先端が、少女らの元にも届く。

（来）

メリヒムが、動作の前触れさえ見せずに、剣を彼女へと差し向けていた。

（た）

その背にあった七色の翼が、剣尖《けんせん》の指し示す方向へと屈折し、一気に伸びる。

（っ!!）

絡《から》み合って虹《にじ》となった翼が、恐るべき破壊の光線『虹天剣《こうてんけん》』となって少女へと押し寄せる。

灼眼《しゃくがん》を見開いて少女はこれを迎え、大きく斜め前に跳《と》んでいた。狙《ねら》い通り、崩壊した柱が彼女を幾重《いくえ》にも隠す。

が、圧倒的な破壊力を持つ『虹天剣』は、その程度では止め得ない。触れたもの全てを消し飛ばしてゆく。剣の指す先を美麗《びれい》に過ぎる破壊の怒涛《どとう》が貫き、少女が身を隠した場所は、たった一薙《ひとな》ぎで抉《えぐ》り取られた。

その抉り取られた後の空間を埋めるように列柱が崩れ落ち、柱のとある一つは真ん中から折れ、とある一つは粉々に砕《くだ》け、そして、
とある一つは倒れ込む。

廊下の中央に立つ騎士《きし》に向かって。

メリヒムは、奇策《きさく》に驚きつつも、その不適切さに怒りを覚えた。

これまでの少女とのやり取り、行ってきた鍛錬《たんれん》と同じように。

(これが狙い!?)

避けることで崩れた体勢を討つつもりか。

それとも『虹天剣』で粉砕《ふんさい》する間に接近するつもりか。

(いずれにせよ、偶然に頼りすぎる!)

少女の無謀《むぼう》な賭《か》けを『虹天剣』による一振り、苦もなく粉砕しようとする彼の目に、唐突《とうとつ》に少女が映った。少女は、倒れ込んでくる柱の頂点で跳躍《ちょうやく》の体勢を取っていた。

(馬鹿《ばか》な!!)

この間合いなら、『虹天剣』は振り向けるだけで少女に届く。フレイムヘイズの身体能力があったとて、跳躍による突撃の速度などたかが知れている。斬《き》り払うのに、何の苦もなかった。

その手にある『贄殿遮那《にえとのしゃな》』も、『虹天剣』の破壊力を受け止め切れようはずもない。刀は無事でも、それを持つ少女の方が、流れ荒《すさ》ぶる力の余波の中で消し飛んでしまうだろう。

メリヒムは『虹天剣《こうてんけん》』を振るう。

(こんな、終わりなのか――!!)

怒りと悔しさ、口惜しさとともに、それでも絶対に手を抜くことなく、メリヒムは『虹天剣《こうてんけん》』を振るう。

と、その動作の中で、彼は捉えた。

少女の内に力が高まるのを。自在法を編めるほどの制御《せいぎょ》もなされていない、おそろしく大雑《おおざっ》把《ぱ》な、調律もなにもない、とにかくいっぱいに力を集める、それだけの行為を。

それがなにを意味するのか、彼が理解する前、考える前に、少女は行動を起こしていた。

全く不器用に、集めた力をただ一点で、爆発させた。

(足の、裏!?)

知ったときにはもう、超速の弾丸と化した少女が、彼の胸甲《きょうこう》の中央に『贄殿遮那《にえとののしゃな》』を深々と突き通していた。そして再び、大雑把《おおざつぱ》過ぎる全力の集中が大太刀《おおだち》の刀身を伝い、そして、爆発した。

見当違いな方向に逸《そ》れた『虹天剣』が、その中途で七色に解け、散り、消えた。

メリヒムに与えた爆発で吹き飛び、床を転がった少女は、しかし『贄殿遮那』の柄《つか》を決して離さなかった。膝立《ひざだ》ちに大太刀を構え直して、次の行動に移ろうとする。

が、
もう、メリヒムは立ち上がってこなかった。仰向《あおむ》けになったまま、ピクリとも動かない。最後の『虹天剣』と少女の一撃で、持てる〝存在の力〟を全《すべ》て、使い果たしてしまっていた。大きく空《あ》いた胸の穴から噴《ふ》き散る七色の火の粉《こ》も、もはや数えるほどしかない。

彼は程なく、消え果てて死ぬ。

その事実に、剣を突き立てた当人でありながら心を揺らす少女に、

「よし」

メリヒムが言った。

「わ、私――」

「いいぞ。見事だった」

少女の弱さを、彼は断言で封殺《ふうさつ》した。その声からは、もはや教示を与えていたときの厳しさはなく、ただ澄んだ穏やかさだけが残っていた。まるで抜け殻《がら》のような、清々《すがすが》しさだった。

「未熟な力でよくぞ、この〝虹《にじ》の翼〟と渡り合い、打ち倒した」

少女は傍《かたわ》らに歩み寄って、膝をついた。改めて見る青年の顔は、とても優しげに……自分がいつも打ち負かされ、地から仰《あお》いでいた白骨《はっこつ》のそれと同じように見えた。

「それは……たくさん、今日も、昨日も、その前も、ずっとずっと、教えてくれたから」

少女の真摯《しんし》な答えと煌《きらめ》く炎髪灼眼《えんぱつしゃくがん》の美しさに、メリヒムは満足そうにため息を吐《つ》き、そし

ていきなり、なぜか不愉快そうな声で、訊《き》いた。

「〝天壌《てんじょう》の劫火《ごうか》〟……最後のは、おまえの入れ知恵か？」

「いや、ここは貴様の領分だ」

短く返されたアラストールの声にも、何故《なぜ》か微妙な剣呑《けんのん》さがあった。

「……そうか。なら、なおさら、見事だ」

また急に、元の澄んだ声に戻る。そして、

「もう、行け。すぐに『天道宮《てんどうきゅう》』全体が崩壊するぞ」

あまりに素っ気無く、別れを告げた。

少女はそれに僅《わず》かな狼狽《ろうばい》を見せ、後ろを——亀裂《きれつ》が来るまでの余裕《よゆう》を確認するため——振り向こうとして、

「行け。どこを見るつもりだ」

メリヒムに制止された。

「も、もう、大丈夫だ。行け」

「……うん」

少女は複雑な表情で頷《うなず》く。言いたいことがたくさんあるはずなのに、彼がそれを許してくれない。自分もなにを言えばいいのか分からない。思いだけが胸に詰まって、苦しかった。

そんな少女の胸元から、アラストールが、決して好きになれなかった男に、それでも一言、

感謝の言葉を贈った。

「長く、世話になった」

が、メリヒムはかえって不愉快げに顔を顰《ひそ》めた。行為自体の忌々《いまいま》しさに加えて、彼の愛する女性が、身の内にある魔神《まじん》を誇ったときのことを思い出してしまったためだった。

（愛する者を自分の思惑《おもわく》のために使い捨てにする奴《やつ》の、どこが『優しい』んだ）

その怒りを声にして、投げつける。

「おまえのためじゃない……ああ、誰がおまえのためになんか!!」

残された炎《ほのお》を込めて、彼は言う。傍《かたわ》らで膝《ひざ》をつき、驚きに目を見張る少女のことなど、目に入っていなかった。

「俺は、彼女の愛のためにやったんだ」

この声に込められた、怒りにも似た強烈な力に、少女は鋭く尖《とが》った彼の心を感じた。彼の言っている『彼女』というのが、自分やヴィルヘルミナではない、恐らくはアラストールが死なせてしまった『炎髪灼眼《えんぱつしゃくがん》の討ち手』であるらしいことも、薄ぼんやりと分かった。

「……」

と、不意に少女は、ヴィルヘルミナがティアマトーと息の合った会話をしたときに感じたのと同じ、取り残された寂しさと悲しさに、ほんの少しの怒りを混ぜたような気持ちを持った。

「……、――」

それが、最期《さいご》を迎える自分の師、一緒に暮らしてきたシロへと、一つの言葉を、小さな声で、しかし必死に贈らせた。

「私も、愛してるよ」

「――――?」

メリヒムは、どんな不意討ちを受けたときよりも驚き、そして呆《ほう》けた顔をした。

少女が強い眼差《まなざ》しで自分を見つめているのに、気付く。

フレイムヘイズ『炎髪灼眼《えんぱつしゃくがん》の討ち手』となった少女。

愛する女のために育てた、憎い男のための道具……それだけであるはずの、少女。

その少女の灼眼が、幼いがゆえに真摯《しんし》な気持ちを宿して、自分を見つめている。

表情以上に呆けた声で、訊《き》いた。

「……愛してる?」

「うん」

真剣に頷《うなず》いて見せる少女の灼眼に見つめられている内に、

「……」

彼の中に踊っていた熱狂が、なぜか冷めていた。

その後に残されたものを、見つけた。

「……そうか」

それを、背伸びして彼に言ってくれた少女に、お返しとして贈る。

「うん、そういうことなら、俺もさ」

少女は、輝かんばかりの笑みを浮かべた。

その、無防備で無邪気《むじゃき》な表情に、口の端《はし》を上げて答えたメリヒムは、残された力の大部分を注《そそ》ぎ込んで、片手を持ち上げた。

「手、握ってくれ」

「うん」

温かく柔《やわ》らかく小さな手が、これまで触れることのなかった手が、優しく彼の手を包んだ。

「覚えておけ。ここにあるものは、〝紅世《ぐぜ》の王〟さえ一撃で虜《とりこ》にする力を生む、この世で最強の自在法だ。いつか、自分で、見つけろ……」

「えっ？」

どれがそうなのか分からず、戸惑う少女の像が、ゆっくりと狭《せば》められてゆく。もう、まぶたを開けていることさえ出来ない。せめての声で、少女を送る。

「……さあ、行け。怖い女が、外で待ってる……」

その声に呼応するかのように、彼等の後ろで伽藍《がらん》の柱や床が砕《くだ》け、地面が軋《きし》みを上げる。

「うん」

握られていた手が、手とは別の柔らかなもの——頬《ほお》だろう——に押し付けられた。長いの

か短いのか分からない、その触れ合いが終わり、

「行くね」

「ああ」

言い交わしてから、足音が最初はゆっくり、やがて速くなり……そして小さくなって、消えた。代わりに、亀裂《きれつ》の広がる音と伽藍《がらん》の崩壊する音が、大きくなり、近付いてくる。

（……結局、〝天壌《てんじょう》の劫火《ごうか》〟の奴《やつ》、あのふざけた礼から、一度も口を開かなかったな……フン、そうすることが、また奴の優しさだと、おまえは言うのだろう……？）

アラストールとの会話の中で燃え上がった、いつかの、愛する女を止《とど》め得ず地に転がった日の、心を火箸《ひばし》でかきむしられるような痛みと熱さが、なくなっていた。

少女の言葉で、なくなっていた。

「ああ」

迫る消滅を前に、力の抜けたため息のような声が漏《も》れる。

「俺《おれ》は、おまえへの愛を完遂《かんすい》させたぞ。例えそれが俺に向けられていなくても、俺がそうすることでおまえの望みが叶《かな》うなら……見てただろう？　俺は〝天壌の劫火〟のためにだって、働いてやったぞ。それが俺の、おまえへの愛だ」

その足に空間の亀裂が届き、広がっていく。大した抵抗もなくその足は崩れ、虹《にじ》の色を宿した火の粉《こ》となって散っていく。

そんなことを無視して、メリヒムは笑っていた。

「は、ははは……おまえの、差《さ》し金《がね》なのか？　うまくやったら、ご褒美《ほうび》まで、とても温かい、ご褒美まで、付いてきたぞ……おかげで、俺は――――」

陥没《かんぼつ》する床と倒れ込む柱列の中にその声は紛《まぎ》れ、薄らいでいった。

流れ星と言うにはあまりに大きすぎる塊《かたまり》、『天道宮《てんどうきゅう》』が、崩落《ほうらく》の破片を撒《ま》き散らしながら、ゆっくりと暗夜の海中に没してゆく。
度重《たびかさ》なる破損に弱まりながら、未だ隠蔽《いんぺい》の力を失わない『秘匿の聖室《クリュプタ》』に包まれた宮殿、その大質量の沈没が、周囲に轟々《ごうごう》と泡《あわ》を巻き上げ、また波を乱していた。
なにもかも沈んでいく。
炎《ほのお》とたゆたい遊び、また眠《ねむ》った聖堂が、
闘争のパノラマに胸躍《おど》らせた大伽藍《だいがらん》が、
日々を暮らし、過ごした常昼《とこひる》の城館が、
時を重く鈍い声で告げていた大時計が、
読みかけた書庫の本、要点を書き溜めていたメモ帳、もうすぐ刈り込みを手伝うはずだった庭園、お気に入りのティーカップ、こんど受けるはずだったテスト、整形庭園の端《はし》でヴィルへ

ルミナに隠して（いたつもりで）育てていた花、
あの菩提樹《ぼだいじゅ》の残骸《ざんがい》、
そして、シロ、
なにもかも、沈んでいく。
それを、岬《みさき》に突き出た展望台から、二人のフレイムへイズと二人の〝紅世《ぐぜ》の王〟が、ただ黙って見つめていた。
その姿が波間《なみま》に埋もれ、最後の泡《あわ》の消えるまで、黙って見つめていた。

動き出した少女の時は、止まらない。

さらなる別れまでもが、準備さえ許さず、あまりに唐突《とうとつ》に訪れた。

純白のヘッドドレスだけを残してボロボロになったヴィルヘルミナが、言った。

「では、我々とも、これでお別れでありますな」

重大なことでも、いつもの如く簡潔端的《たんてき》に。

少女は、炎髪灼眼《えんぱつしゃくがん》を黒く冷やし、黒衣《こくい》だけをまとった少女は、心底驚いた。

「一緒に来てくれないの!?」

無言で頷《うなず》く元・養育係の女性に、少女はすがるように求めた。

「せっかく出たのに、せっかく、一緒に行けるように、なったのに……もう少しだけ、私と一緒に、私に、教えてよ……なにも、分からないよ……」

か細く声を途切れさせた少女を、ヴィルヘルミナは厳しく叱咤《しった》する。

「それでは、私が今まで頑張《がんば》ってきた意味がないのであります。もうこれからは、なんでもお一人でやらねばならないのであります。大丈夫、というのはそういうことであります」

「……」

うつむいて黙ってしまった少女の姿に、ヴィルヘルミナの胸が強く締め付けられる。

二つの想いで。

「どうか、許してほしいのであります……私も少しだけ、心を、休めねばならないのでありま す……そう、誰のためにも」

「傷心」

ティアマトーの声にヴィルヘルミナは珍しく眉《まゆ》を顰《ひそ》め、自分の頭をゴン、と殴《なぐ》った。

「……」

なにか自分がしてしまった。

そしてそれは訊《き》いてはいけないことだ。

そう、少女は感じた。

ヴィルヘルミナは少女に言う。少女には全く関係のない、自分の物事を、心を、できるだけ排除《はいじょ》して、抉《えぐ》り出すような苦痛とともに。

「今まで私たちが教えた通りにやっていれば、問題はないのであります」

しかし、抉り出した声とともに広がる『少女と暮らしてきた日々』の、なんという美しさか。

誰にもなにも言わせない、それは煌《きらめ》くように素晴《すば》らしい日々だった。

「それに今や〝天壌《てんじょう》の劫火《ごうか》〟が一緒。心配することは、なにもないのであります」

「大丈夫」

ティアマトーまでもが短く、しかし柔らかな声で言った。

少女は頷《うなず》いた。ただし、ゆっくりと。

ヴィルヘルミナはさらに努力して平静を装い、しかしクドクドと注意事項を垂れ流す。

「私の目がなくなるからといって、甘いものを食べ過ぎてはいけないのであります。〝天壌の劫火〟の言うことをよく聞いて――」

その彼女の声が、途切れた。

少女が、抱《だ》きついていた。行かないで、一緒に来て、という駄々《だだ》はこねない。

(フレイムヘイズは駄々をこねない)

ヴィルヘルミナを不安にさせてはいけない。

そして自分は、そういう生き方をしない。

そう、自分で決めたのだ。

(でも、今、ほんの少しだけ、わがままする)

そんな少女の肩に、ヴィルヘルミナはすぐに手をかけた。

少女は離されまいと、いっそう力を込める。

その、思い切り目をつぶった少女の耳に、ヴィルヘルミナの声が届いた。

「抱き締めさせてほしいのであります」

「……うん」

ヴィルヘルミナは、彼女の本当の力……フレイムヘイズとしての力で、胸の中にすっぽりと収まる小さな小さな少女を、思い切り抱き締めた。

「私たちは、あなたを愛しているのであります」

そんなことは分かっていた。

「どんなことをされても、愛しているのであります」

今度は、分からない。

「それだけを信じてほしいのであります。そうすれば、私は——」

あなたを許せます、とまで、ヴィルヘルミナは言えなかった。

代わりに、少女を自由に羽ばたかせるための、真情《しんじょう》の声を贈る。

「今や、誰憚《はばか》ることなき、一人のフレイムヘイズ。他者の助力など、不要なのであります。そう……甘いものを食べる量も、もう自己の判断に任せても、良いようでありますな。今、ここにあるあなたが、判断されれば、よろしい」

どこから取り出したのか、彼女は二つの袋を、少女に手渡した。

それは、銘柄《めいがら》の違う、二つのメロンパン。

「これで、私の役割は全《すべ》て、終わりであります。こうして別れるのも、必然。つまり、私という存在が、必要ではなくなったということであります」

「——そんな」

ヴィルヘルミナは否定しようとする少女の肩を持って、その前に膝《ひざ》をついた。目線を対等に合わせた常の無表情は、しかし今、崩れる寸前の喜色を覗《のぞ》かせていた。

「逆に、必要となれば、また会えるということなのであります。〝紅世《ぐぜ》の徒《ともがら》〟たちの慣用句で言う『因果《いんが》の交叉路』で、いずれ、また……」

ふと、少女の鼻を、海風に乗った潮《しお》の香りが掠《かす》めた。

少女はそれが別れの前兆《ぜんちょう》であることに気が付いて、目の前の女性を、見た。

その姿が、遠のいていく。ヘッドドレスが解けて、彼女の顔を純白の糸で覆《おお》っていた。それはすぐ、狐《きつね》に似た鋭い仮面へと織り成される。

「ヴィルヘルミナ!」

肩にかけられていたはずの手も、いつの間にか純白のリボンに変わっていた。そのリボンは少女の肩を押さえつつも、まるで風船の紐《ひも》のように『万条《ばんじょう》の仕手《して》』の姿を、遠くへ遠くへと浮かべていく。

少女に代わって、また自身の思いも込めて、アラストールは去り行く同志たちに、不器用な別れの言葉をかけた。

「万言《まんげん》にも尽きせぬ感謝を、おまえたちに。〝夢幻《むげん》の冠帯《かんたい》〟ティアマトー、『万条の仕手』ヴィルヘルミナ・カルメル」

遠く、仮面は頷《うなず》き返し、

「〝天壌《てんじょう》の劫火《ごうか》〟と、そのフレイムヘイズに、天下無敵の幸運を」

「同義」

「ヴィルヘルミナ!!」

大好き、か。

ありがとう、か。

また会いましょう、か。

かける言葉に迷っている内に、その姿は夜空の彼方《かなた》に溶け去っていた。

十二年に渡る鍛錬《たんれん》の最後、これから始まる長い旅路の最初に持たされた二つのメロンパンを手に、少女は初めて迎えた夜の中で一人、立ち尽くす。

しかし、留《とど》まるのは数秒、
胸のペンダントから、声が。

「……行くか」

「うん、行こう！」

少女は大きく答え、過去を沈めた海に背を向けた。

振り返らずに、初めての世界を、どこまでもどこまでも前に、進んでいった。

エピローグ

目の前のメロンパン、最後のひとかけらを見ながら、思う。

メロンパンを食べるときには、笑顔でいてもいい。

『天道宮《てんどうきゅう》』を出た後、いつの間《ま》にかそういう不文律《ふぶんりつ》を持つようになっていた。

アラストールは——本人にそう言えば、しばらく口をきいてくれなくなるだろうが——優しかったし、フレイムヘイズの使命に生きることは、元より自分で決めたこと、不満などは全くなかった。むしろ戦い続けることで、それが自分だという確信を常に抱《いだ》くことができた。

しかし、それのみに育てられたという、使命への気負いが、いつの間にか体の中まで染《し》み込んで、自分を固めていた、そんな気がする。

メロンパンを食べて、にっこりと笑う。

この街に来てからのそれは、『天道宮』への懐旧《かいきゅう》でも、許されたから笑ってみる作業でもなくなっていた。

今の自分の満足感が、本当に溢《あふ》れ出している。

ごく最近、それに気が付いた。

今日みたいな日には特に、美味《おい》しくて、楽しくて、嬉《うれ》しい。

気持ちのいい明るい日差しの下で、メロンパンをたらふく食べることができた。

悠二《ゆうじ》が一緒にいて、お揃いの服も着ている（これは仲の良い証拠なのだと千草《ちぐさ》は教えてくれた……まあ、それを認めることに、とりあえず、なんというか、いちおうは、吝《やぶさ》かではない）。

悠二は酷《ひど》く疲れているようだが、死ぬほどでもない。さっき、少しだけ笑っていたような気もするから、まだ余裕《よゆう》はあるのだろう。

だいたい、少しくらい懲《こ》らしめられても文句は言えないと思う。朝から歩き詰めにしてやった……もとい、歩き詰めになったのは、別に意趣《いしゅ》があってのことではない。はずだ。

（ううん、そうじゃなくて）

ほんの数日前に思い知らされた。

こういう、焦《あせ》りのような怒りのような、少し怖さもあるような、そんなムカムカの理由は、必ずしも、悠二が全面的に悪い、というわけでもないのだ。

原因は……自分にある、のだが、悪いと言えば、そう、吉田《よしだ》一美《かずみ》が悪い、と思う。

彼女はまだ、具体的な行動を起こしていない。しかし、その機会を狙《ねら》っている。彼女は本気なのだ。あの、自分と対決したときの勢いで悠二に、

（好き）

だと言われたら……それを思うと、胸が痛くなる。イライラしているのとも、怒っているのとも、焦っているのとも違う、しかしそれらを全《すべ》て混ぜ合わせたような、絶望や不安にも似た、胸の痛みが襲ってくる。悠二を全ての力で自分の方に引き寄せたくなるような、衝動《しょうどう》めいた、どこか怖い気持ちが、一緒に襲ってくる。

（好き……？）

悠二のことを、自分が。

吉田一美は、そう断言した。反論は、出来なかった。

（それは……好き、かも）

間違いなく、嫌いではない。そう最近、思えるようになった。良いことなのか悪いことなのか、分からないが。しかしその『好き』は、アラストールやヴィルヘルミナ、メリヒムらに対する温かなものとは違う。

なんだか、とても熱い。

自分では全く制御《せいぎょ》できない。

そんな不思議で、しかし決して不快ではない、そんな気持ち。

以前戦った一人の〝徒《ともがら》〟が『どうしようもない気持ち』と言い表したもの、だろう。

（……好き、って悠二に、言う……）

吉田一美が、そう宣言したとき、どうしようもなく取り乱してしまった。なんということのないはずの行為。しかし、自分にはとても恥ずかしくて難しい……できない、ことはない、と思う、そんな行為。しかし、吉田《よしだ》一美《かずみ》には絶対にさせたくない行為。それは、自分が、

（……とっても、好き、だから……？）

チラリ、と目線を横にやる。

暑さにバテて、ベンチの背もたれに体を預けている、だらしない少年。

（……でも、好き……）

そう思って、一人密かに、悦《えつ》に入る。

と、

「！」

自分が見ていたことに気付かれてしまった。最近、悠二《ゆうじ》は自分の僅《わず》かな動作や気配だけで、こっちがなにかした、する、しようとしている、そんな全《すべ》てへの勘《かん》を鋭く効かせられるようになっていた。嫌では……そう、嫌ではないが、なんとなく、気に喰わない。

だから、

「なに？」

「なんでもない」

素っ気無く言うことでへこませて（最近、その効果が薄いように思えるのだが）、手にあるメロンパン、最後の一切れを、頬張《ほおば》る。

美味《おい》しい。
嬉《うれ》しくて、楽しい。
メロンパンを食べるときは、誰憚《はばか》ることなく笑うことができる。
だから、美味しさ以外のことも全部まとめて、
思いっきり、にっこりと、笑う。

想いを秘めて、日々は流れる。
それまでと、今と、これからを繋《つな》いで。
世界は、それらの全てとして、これからへと動いてゆく。

あとがき

はじめての方、はじめまして。
久しぶりの方、お久しぶりです。
高橋弥《たかはしや》七郎《しちろう》です。
また皆様のお目にかかることができました。ありがたいことです。

さて本作は、痛快娯楽アクション小説です。今回は、無愛想メイドに炎《ほのお》に骨にメットに空《から》っぽマントに鎧武者《よろいむしや》と、殺風景な面子《メンツ》。その分次回は、戦い控え目・吉田《よしだ》さん満載《まんさい》の予定です。テーマは、描写的には「フレイムヘイズとして生まれる少女」、内容的には「そうある」です。シャナの情緒形成における責任者たちが登場します。

担当の三木《みき》さんは、変幻自在な人です。会う度に髪形が変わります。いつモヒカンになるのか楽しみです。やはり今回も、あの服の採用を巡り、銃手神速《じゆうしゆしんそく》の抜き撃ちを競（以下略）。

挿絵《さしえ》のいとうのいぢさんは、生き生きとした絵を描かれる方です。Ⅳの三つ折シャナは特に絶品でした。今回は巻末オマケページなども頂《いただ》けるそうで、一ファンとしても楽しみです。この度も、拙作《せっさく》への甚大《じんだい》なる御助力をいただけたことに、深く深く感謝いたします。

県名五十音順に、愛知《あいち》のM野さん、京都《きょうと》のM林さん、広島《ひろしま》のK橋さん、大変励みになりました。どうもありがとうございます。

さて、今回も近況で残りを埋めましょう……というか、ドえらいネタがあります。
実はこの七月末、追い込みのド真ん中で右目眼底出血など起こして七転八倒《しちてんばっとう》、「さては〝天《アマ》目一個神《ノマヒトツノカミ》〟の祟《たた》りか」と恐れ戦《おのの》いたりしました。〝天目一個神〟は、山神にして鍛冶《かじ》の祖神《そしん》でもある、とても偉い実在の神様です。いつか神社を探してきっちりと御参《おまい》りに行きますので、失明だけは勘弁《かんべん》してください。ごめんなさいごめんなさいごめんなさい。

ふう――ま、こんなもんでいいだろ（懲《こ》りてねえ）。

というわけで、
この本を手に取ってくれた読者の皆様に、無上の感謝を、変わらず。
また皆様のお目にかかれる日がありますように。

二〇〇三年七月　　高橋弥七郎

どうもこんにちわ、『灼眼のシャナ』挿し絵担当のいとうのいぢと申します。

今回から巻末に『シャナ』に関するイラストコラムをやらせて頂くことになりました〜

いつも好き勝手にやらせて頂いて嬉しいやら申し訳ないやら…でもやっぱり好き勝手にやらせていただきます（汗）

とりあえず記念すべき一発目は、一度描いてみたかったゆかりん（シャナ）の体操着姿。

なんかすでに誰だか解りませんな…

■NOIZI *ITO WEB■
www.fujitsubo-machine.jp/~benja

そしてそして、今回５巻は「フレイムヘイズ・シャナ誕生」のエピソードだった訳ですが（色んな意味で濃い）新キャラも目白押しで描いてて楽しかったです〜！皆さんのイメージ通りのビジュアルになってるといいんですが（汗）

こんな感じでかなり楽しんで（悩だりもして）描かせて頂いてる「シャナ」の世界ですが今後更に色々な展開を見せてくれるようですので、読者の皆さん共々楽しみにしております♪

ではでは、また次回もこの場所でお会いできることを祈りつつ…


←コラムスタートを記念してお祝いイラストをもらっちゃいました！織澤君、ありがとう！

皆様はじめまして、いとうのいぢ姐さんと
お仕事ご一緒させていただいてる
織澤と申します。
新コーナー開設おめでとうございます。

せっかくですので
シャナについて語らせてもらいます。
お気に入りのシャナキャラは
戦友であり、父であり、兄であるはずが、
最近お父さん役しかまわってこなくなった
アラストール。
渋いわりに娘LOVEですよね、
一巻ラストの威厳は何処へいったのか。
ガンバレ、お父さん。

ちなみに絵の人は俺アラストールなんで
実際の商品とは多少異なりますよ。
多少どころじゃないかもしれませんが。

おっさんの話しかしてないや。
高橋先生、のいぢさん、
これからもがんばってください。
アラストールもがんばってください。

織澤明史

Illustration:Akihumi Ozawa
■織澤明史　http://akibox.fc2web.com/
PCゲームの原画等で活躍中のイラストレーター。メカとオヤジをこよなく愛する美少女描き。

『灼眼のシャナ』ラフスケッチ集

コメント／いとうのいぢ

シャナ

最初に『灼眼のシャナ』のお話頂いた時、担当さんから「ちっこくて強くて生意気な女の子の話」と聞いた瞬間、その設定だけでワクワクしました（笑）。すぐにイメージが湧いたシャナ像まんまで案出しして、ソッコーOKもらえたんですごく描きやすかったです～メロンパーン。ニエトノの刀、ゴツイ刀なハズなのにいつも小さくてすみません(;´Д⊂
あ、コキュートスのデザインが今と違う…。

シャナ
ワンピースすがた
体育の時間とか
ツインテールもいいかも。
悠二あたま

坂井悠二

こちらもイメージ通りな平凡な男子、ということで描きやすかったなあ。実は案外描いたことのない系統のキャラクター（優柔不断少年）だったので今も楽しんで描いてます。強い男になってね（笑）。成長していく姿が楽しみですね。

吉田一美

がんばれ吉田さん！　普段目立たないけどよく見ると美少女、ってオイシイですよね～。そういうのの王道として眼鏡案も考えてみたんですが、今思えばナシでよかったなあ～なんて何となく思います。今度裸を描く機会があればもっと胸を…ごにょごにょ。

悠二の友達

池くん、ちょっとインテリすぎた（汗）？実際はも少し素朴な感じかな。佐藤&田中コンビはいつも和みます。二枚目佐藤君はともかく、田中君は作者・高橋さんの思惑通りのビジュアルになってるのかなと不安もありましたが（汗）、話が進むにつれ「アリかも」と自 分で納得（笑）。もしや合わせてくださったのかも…アワアワ（汗）。

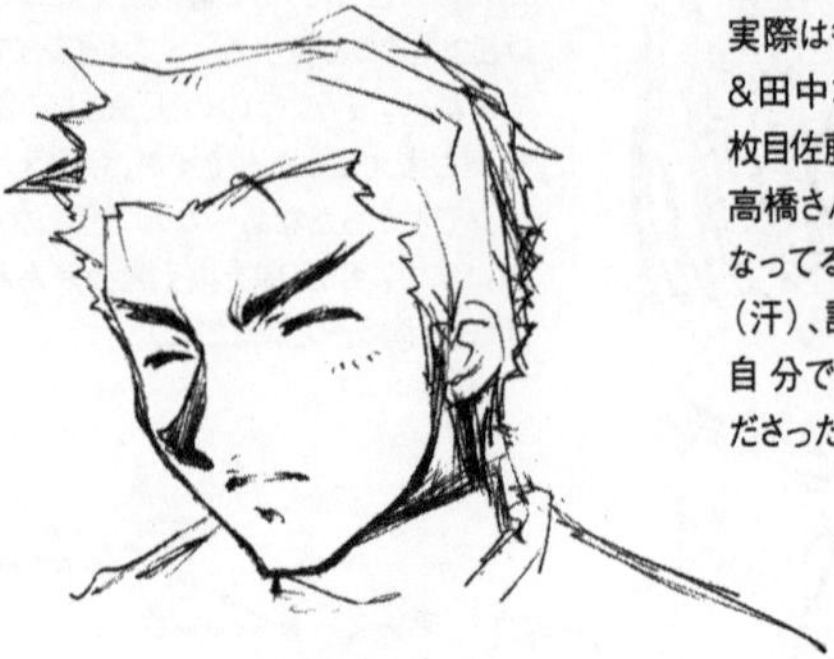

田中栄太

池くん

悠二くんの友達…
メガネくんは、もうすこし三枚目のがいいかもですね。
さとーくん

佐藤啓作

池 速人

マージョリー・ドー

マー様、乳でかすぎ！　とかよく言われますが、いいんですこれで。これぐらいダイナミックでないとマー様じゃないのです！　中途半端だと脱いだらスゴイ吉田さんに示しがつかなくなるので（笑）！　しかし姉さんキャラは好きだけど描くの苦手…（泣）。

色は白でしょうか〜

“紅世の徒”

美形スキーです（笑）。というわりには、自分、美形キャラのレパートリー少なすぎ（涙）！　全身白スーツ最高！　『電撃ヴんこ』では念願の復活を果たしました。また何かの機会に「おしえて！フリアグネ様」のコーナーをよろしくお願いします。切実。

フリアグネ

高橋さんは私の趣味をよく解ってらっしゃいます（笑）。ゴスロリ娘キターとかはしゃいでたら金髪燕尾服美少年までおまけに付いてきた。でも、服とかもっともっと凝りたかったなぁ。きっと作業中に泣きを見ると思いおとなしめに。

ティリエル

ソラト

シュドナイ

某キャラに被るとよく言われますが…多分気のせいではないと思います（おい）。ロリコンなところとか…いや、ヘカテーさんとの絡みがもっと見たいです。絡みって言うとそこはかとなくハレンチな響き…これでもかなり好きキャラですよ（笑）。

次回も乞うご期待！

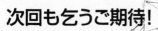

◉高橋弥七郎著作リスト

「A／Bエクストリーム CASE-314［エンペラー］」（電撃文庫）
「A／Bエクストリーム ニコラウスの仮面」（同）
「灼眼のシャナ」（同）
「灼眼のシャナII」（同）
「灼眼のシャナIII」（同）
「灼眼のシャナIV」（同）

本書に対するご意見、ご感想をお寄せください。

■

あて先

〒102-8177 東京都千代田区富士見2-13-3
電撃文庫編集部
「高橋弥七郎先生」係
「いとうのいぢ先生」係

■

電撃文庫

灼眼《しゃくがん》のシャナV

高橋《たかはし》弥七郎《やしちろう》

◆◇◇

2003年11月25日　初版発行
2023年10月25日　40版発行

発行者　山下直久
発行　株式会社KADOKAWA
〒102-8177　東京都千代田区富士見2-13-3
0570-002-301（ナビダイヤル）
装丁者　荻窪裕司（META＋MANIERA）
印刷　株式会社KADOKAWA
製本　株式会社KADOKAWA

ISBN978-4-04-868963-2　C0193　Printed in Japan

電撃文庫　https://dengekibunko.jp/

電撃文庫創刊に際して

文庫は、我が国にとどまらず、世界の書籍の流れのなかで〝小さな巨人〟としての地位を築いてきた。古今東西の名著を、廉価で手に入りやすい形で提供してきたからこそ、人は文庫を自分の師として、また青春の想い出として、語りついできたのである。

その源を、文化的にはドイツのレクラム文庫に求めるにせよ、規模の上でイギリスのペンギンブックスに求めるにせよ、いま文庫は知識人の層の多様化に従って、ますますその意義を大きくしていると言ってよい。

文庫出版の意味するものは、激動の現代のみならず将来にわたって、大きくなることはあっても、小さくなることはないだろう。

「電撃文庫」は、そのように多様化した対象に応え、歴史に耐えうる作品を収録するのはもちろん、新しい世紀を迎えるにあたって、既成の枠をこえる新鮮で強烈なアイ・オープナーたりたい。

その特異さ故に、この存在は、かつて文庫がはじめて出版世界に登場したときと、同じ戸惑いを読書人に与えるかもしれない。

しかし、〈Changing Times,Changing Publishing〉時代は変わって、出版も変わる。時を重ねるなかで、精神の糧として、心の一隅を占めるものとして、次なる文化の担い手の若者たちに確かな評価を得られると信じて、ここに「電撃文庫」を出版する。

1993年6月10日
角川歴彦